文春文庫

江戸の精霊流し

御宿かわせみ31

平岩弓枝

文藝春秋

目次

初出　「オール讀物」平成14年5月号〜15年1月号
（7月号を除く）
単行本　平成15年5月　文藝春秋刊

江戸の精霊流し

夜鷹《よたか》そばや五郎八《ごろはち》

一

江戸の一日は石町《こくちょう》の時の鐘が暁七ツ（午前四時）を打つ音から始まる。

もっとも早起きなのは豆腐屋で、この時刻、すでに店を開け、呼び売りに出る者は出来上った豆腐をせっせと桶に移している。

大名行列が江戸を発《た》つのも七ツ時だが、その日本橋北詰にある魚河岸は暗い中《うち》から江戸近海で捕れた魚を八挺櫓《はっちょうろ》で運んで来たのが続々と陸あげされて威勢のよい掛け声で賑わっていた。

だが、江戸の町の大方はまだ寝静まっていた。町々の木戸は明《あけ》六ツ（午前六時）にならないと開かない。

柳橋から神田川を遡って俗に向柳原と呼ばれるあたりに近い神田豊島町三丁目に住む

大工の㐂《き》八《はち》というのが、六ツ前に家を出たのは湯屋へ行くためであった。

多くの江戸っ子がそうであるように、彼も火傷《やけど》をするような熱い一番風呂が好みで、目がさめるや否や手拭一本を肩に家をとび出して行く。湯屋は柳原の土手へ向いた角にある金時湯で、いつもなら㐂八と同じように朝湯に出かける男が二、三人は歩いているところだが、今朝はいつもより少々早いせいか、薄暗い道に人影がない。

その代り、道端にぽつんと屋台が置いてあった。江戸では夜鷹蕎麦《よたかそば》と呼んでいる夜売りの蕎麦屋で、二八と書いた掛行燈《かけあんどん》の灯は消えている。夜鷹蕎麦売りの屋台は夕方からの商売で、大方が暁七ツに店仕舞いと決っている。

ぽつぽつ六ツだというのに、随分とよく稼ぐと思いながら近づいてみると、屋台の傍に売り手が見えない。どこへ行ったのかとぐるりと辺りを眺めて㐂八はどきりとした。屋台から五、六間離れた柳原の堤の草むらのところに黒いものが倒れている。どうやら人らしいとおそるおそる寄ってみると紺の股引《ももひき》に半纏着。

「五郎八爺さんじゃねえか。どうしたんだ、こんな所で……」

ひき起そうと体に手をかけると、ぬるりとした感触が指に伝わって、㐂八は思わず悲鳴を上げた。あとはどこをどう走ったのかわからない。とび込んだのは和泉橋の近くの番屋であった。

二

「まあ、江戸も物騒になったものでございますね。夜鷹蕎麦屋の稼ぎまでがねらわれるようじゃ、公方《くぼう》様のお膝下《ひざもと》が泣きますよ」

午下《ひるさが》りの、大川端の旅籠《はたご》「かわせみ」の帳場で蕎麦粉を届けに来た長寿庵の長助《ちょうすけ》に茶碗酒を運んで来たお吉《きち》が派手な声を立てたのは、長助が向柳原の夜鷹蕎麦屋殺しの話をしたからで、宿帳を眺めていた番頭の嘉助《かすけ》がまあまあと片手で制した。

「早飲み込みはしなさんな。まだ、金目あての殺しときまったわけじゃあねえんだ」

「屋台のお蕎麦屋さんが殺されるほどの怨みを買っていたっていうんですか」

「そりゃあ夜鷹蕎麦を売ってる人間が怨みを買わねえってこともなかろう」

「ですがね」

茶碗酒を持った手で二人を制したのは長助で、

「五郎八って親爺は正直な働き者で、到底、人に怨まれそうもねえような……」

嘉助が笑った。

「長助親分らしくもねえ。人は見かけによらねえもんだぜ」

「その通りなんですが、横川界隈《かいわい》でいくら訊いても悪い噂がねえんです。みんな、あの五郎八爺さんがと目をまんまるにするばっかりで……」

「住いは本所かい」

「へえ、横川沿いの長崎町で……」

「殺されたのは向柳原か」

「両国橋からあの界隈をずっと廻っていたというんですがね」

夜鷹蕎麦は普通の食い物屋が店を閉める夜更けからが稼ぎ時であった。

とりわけ岡場所の近くなぞでは、これから遊びに行く者、帰る者なんぞがちょいと腹ごしらえに立ち寄ることが多い。

「五郎八つぁんというのは、年はいくつだね」

「今年、還暦で……」

「それにしちゃあ働き者だな、その年齢《とし》で夜の仕事はきつかろうに……」

「当人も、もうぼつぼつ楽な仕事に代りてえといっていたそうですが、商売替えとなるとなにかと厄介で」

「家族はいるのかい」

「女房はもう死んじまって、子供が二人、どっちも住込み奉公に出ていて、娘のほうはついこないだ嫁入りしたようで、爺さんは一人暮しだったそうです」

「やっぱり物盗《ものと》りですよ。お蕎麦を食べに寄ってお銭《あし》を払った時、お爺さんの巾着に案外、稼ぎがあったんで、つい、出来心で……」

お吉が漸《ようや》く口をはさむきっかけを摑み、それに対して長助が気の毒そうに答えた。

「そいつなんですがね。五郎八爺さんの腹掛には一と晩の稼ぎがそのまんま。銭を奪《と》られた様子はねえんですよ」

「かわせみ」の暖簾《のれん》のむこうに笑い声が起って、東吾《とうご》が入口の敷居をまたいだ。

「なんだか平仄《ひょうそく》の合わねえ話だな。源《げん》さんはなんといっているんだ」

長助が嬉しそうに立ち上った。

「畝《うね》の旦那は、まず行きずりの殺しじゃあるまいから、五郎八の身辺をよく調べろと……ですが、今のところ、なんにも出て来ませんで弱ってるんで……」

お吉が年甲斐もなく素頓狂《すっとんきょう》な声を立てた。

「なんだ、長助親分ったら、蕎麦粉を届けに来たなんて、結局、うちの先生のお智恵拝借ってことですか」

廊下のむこうからるいの顔がのぞいて、東吾は颯爽《さっそう》と声をかけた。

「今、戻った。長助が迎えに来ているから、ちょいと出かけて来る」

長助があたふたと暖簾の外へとび出し、その後から太刀を提げて出て行く東吾を、るいは苦笑しながら見送った。

永代橋を渡って深川佐賀町の長寿庵の近くまで来ると、畝源三郎が五十がらみの男と立ち話をしている。東吾の姿を見ると別れてこっちへ近づいて来た。相手の男は永代橋の方角へ歩いて行く。

「ぼつぼつ長助がひっぱり出して来るだろうと思っていたのですよ」

眩しそうな目をして笑っている。

「驚いたな。定廻りの旦那が自ら夜鷹蕎麦屋殺しの詮議か」

と東吾が応じたのは、普通、そうした底辺の身分の者が殺された場合の探索は岡っ引なぞにまかせておくのが常識のようなものであったからで、だが、畝源三郎は、

「まあ人が殺されたことにかわりはありませんし、少々、気になることがなきにしもあらずなのですよ」

と答えた。

「ところで、今、手前が話していた男の身分がおわかりですか」

もう遠くなりかけている男の後姿にちらりと目を向けた。

「まさか公儀の隠密《おんみつ》ってわけじゃあるまいが、商人にしては目つきが悪いな」

身なりは平凡な町人風だが、体には素人らしからぬものがあった。

「夜鷹の元締《もとじめ》ですよ」

「なんだと……」

夜鷹と夜鷹蕎麦が混乱した感じであった。

「殺されたのは夜鷹蕎麦売りの五郎八とかいう爺さんだろう」

「殺された場所が向柳原ですからね」

夜鷹と呼ばれる私娼の稼ぎ場所の一つであった。

「ひょっとして、人殺しの目撃者がいないか、元締に調べさせているのです」

「夜鷹にも元締なんてものがいるんだな」

「大きいところは二つですよ。本所の吉田町と四谷の鮫ヶ橋でしてね。柳原土手は吉田町のほうの縄張りなんです」

「定廻りの旦那は凄いことを知っているもんだ」

「遊び人の東吾さんも夜鷹までは手が廻らなかったようですね」

「人聞きの悪いことをいうなよ。そこまで落ちていたら、とっくに鼻が欠けちまってたらあ」

源三郎が歩き出し、その後に東吾が続いた。

長助は笑いを嚙み殺しながらついて来る。

「どこへ行くんだ」

「長崎町です」

「五郎八の家か」

「ぼつぼつ、二人の子も帰って来ると思いますんで」

仙台堀から猪牙《ちよき》に乗った。

舟の中で東吾が訊き、長助が答えた。

「夜鷹の縄張りはわかったが、夜鷹蕎麦の稼ぎ場所は決っているのか」

「縄張りというほどのものでもございませんが、同じ屋台が一つ所に二つも三つも出ねえように各々、申し合せがあるそうで、大体、毎日、廻る道筋は決っているそうでございます」

「五郎八が殺されたのは向柳原、時刻は……」

「大工の㐂八がみつけたのが六ツより少々前で……殺されてから、半刻《はんとき》（一時間）以上は経っていねえだろうということで……」

脇腹を刺されて、そこから流れ出す血がまだ固っていなかったし、死体にも温味《ぬくみ》が残っていたという。

「まあ、暁七ツ、寅の下刻（午前五時）あたりでございましょうか」

暁七ツといえば、夜売り蕎麦の屋台が店じまいをする刻限である。

四季を問わず夜っぴて商売をするのは岡場所や街娼の女、按摩に夜売り蕎麦屋ぐらいのもので、夜売り蕎麦を夜鷹蕎麦と呼ぶのも、その故であった。

「商売をしまっての帰りがけに襲われたとすれば、金がめあてだろうに、稼ぎは無事だったんだな」

東吾が呟《つぶや》き、源三郎が、

「五郎八の腹掛の中に残っていた銭は五百文足らずだったそうです」

夜鷹蕎麦は一杯十六文のきまりだから、一夜に三十人ほどの客があったことになる。

「同業の者の話ですと、天気などのせいで当りはずれは日によって大きいが、この節は一夜に五百文稼げればいいほうだということでしたから……」

蕎麦や醬油などの汁代、薬味代、それに屋台の損料などを差引くと、実収入はたかが知れているが、老爺一人が細々と暮すぐらいの稼ぎにはなる。

「それにしても人を殺してまで五百文そこそこの銭を盗もうというのは、普通では考えられませんからね」

源三郎が暮れかけている西の空を眺めながら呟く。

「五郎八は刺されたと聞いたが、得物はなんだ」

「匕首《あいくち》のようなものだということで……。心の臓を深く突いていまして。五郎八は声も出さねえで死んだんじゃねえかと思います……」

猪牙は仙台堀から横川へまがって小名木川《おなぎがわ》を越え、竪川と交差してから北中之橋の袂《たもと》で岸辺へ着けた。そこが長崎町で五郎八の住む長屋は路地をまがったところにある。

五郎八の家は四畳半一間、板敷に藁ござが敷いてあるだけの粗末なものだが、片すみに夜具、小さな木箱の上に女房の位牌がおいてあり、壁には洗いざらしの浴衣《ゆかた》がかかっている。

上りかまちに鍋釜と箱膳が一つ。鍋には味噌汁が釜には半分ばかりの飯が冷えている。

遺体は湯灌場《ゆかんば》から戻って来て、形ばかり通夜の仕度が出来ているところに同じ長屋の住人が線香をあげに出入りしている。

遺体につき添っているのは五郎八の倅《せがれ》で庄吉といい、品川の蕎麦屋へ奉公しているのだという。

「妹は……おそでは松戸の百姓の所へ嫁入りしたばかりで……」

今年の春に奉公先の主人の世話で縁談がまとまったということで、

「知らせはやりましたが、すぐに出て来られるかどうか」

心もとない顔をしている。

父親が殺された原因についても心当りは全くなくて、

「死んだお袋がよくいっていましたが、男にしては気が弱く、いいたいこともいえない人でしたから、他人様《ひと》と争う筈はありませんし、ただもう一日一日が無事に暮せれば有難いというのが口癖でした」

流石《さすが》に六十になって夜通しの仕事は体にこたえるらしく、この正月、藪入《やぶい》りで帰って来た時、もう少し楽な仕事を探したいといっていたという以外に、庄吉の口からこれといった話は出なかった。

隣近所の者に訊いても、

「五郎八爺さんに怨みを持つ者なんぞいるわけがありませんや」

無口だが働き者で、誰にでも腰が低い。

「悴もぼつぼつ一人前の蕎麦職人になるところだし、おそでちゃんも嫁入りしてやれやれというところで、こんな災難に遭うなんて気の毒としかいいようがありませんよ」

という大家に庄吉の年齢を訊いてみると、ちょうど二十だという。妹のおそでが二つ下の十八歳。

「随分と遅い子持ちだな」

庄吉は四十歳の時の子ということになる。

「女房を貰う金がなかったといっていましたよ。卒中の父親と足の悪い母親を抱えていましてね」

みるにみかねて世話をしていた同じ長屋の娘と父親が死んだ年に夫婦になり、その翌年に母親が他界した。

「夫婦で働いて、貧乏には違いありませんが、まあ落ちついた暮しが出来るようになって、ほっとしたところで今度は女房がぽっくり逝《い》っちまいまして……」

庄吉が十歳、おそでが八つの時だといった。

その子供達が成人して当人も還暦、そのあげくの不慮の死であった。

「当人は親の長患いで苦労したせいか、自分は子供の厄介にならずに暮したいと夜鷹蕎麦の商いを続けていたんでございます」

大家の女房は声を詰らせている。

それ以上訊くこともなくて、東吾と源三郎は長屋を出た。

横川沿いを北に、法恩寺橋を左折すると町の雰囲気が一種、独得なものに変った。粗末な長屋が並んでいるのだが、そのあたりにいる女の様子が裏長屋の住人にしてはどこかなまめかしい。

「吉田町ですよ」

そっと源三郎がささやいた。このあたりの長屋は夜鷹ばかりが住んでいて夕方になると化粧をこらし、身仕度をして各々、稼ぎ場所へ出かけて行く。

「さっき、手前が立ち話をしていた元締、仙之助と申すのですが、あれが女達に住居をあてがい、初めて働きに出る女には着るものから、紅白粉《べにおしろい》、抱えて行く莫蓙《ござ》まで貸したりするようですよ」

夜鷹の中には自分の家があって、そこから稼ぎに出る者もいるが、それでも元締の鑑札をもらっていないと、仲間から袋叩きにされ、怖い兄ぃに捕って木更津なんぞへ売りとばされる。

「女が体を売るというのはよくよくのことだと思いますが、その上前をはねて生きている奴らは人の皮着た畜生です」

お上はしばしば取締りに乗り出すが、捕るのは雑魚《ざこ》ばかり。肝腎の大物は何故か法網をくぐって平然と暮している。

「岡場所の取締りをきびしくすると、今度は素人娘がねらわれて暴行される事件が増えて来ます。そのあたりも厄介で……」

吉田町を抜け、本所から深川へ歩きながら、源三郎が慨嘆し、東吾も長助も言葉少なであった。

三

中一日おいて、東吾は軍艦操練所の帰りに足を伸ばして長寿庵へ行った。

例の五郎八殺しがその後、どうなっているか気になったからだが、長寿庵の入口を入ると店のすみで長助が若い女と話をしている。

東吾をみると、慌てて立ち上り、女に、

「こちらは、今、話をした若先生だ」

といい、東吾に、

「殺された五郎八の娘のおそででございます」

と教えた。長助は自分を娘にどう紹介したか、東吾は内心、おかしかったが、長助に勧められるままに、おそでの前にすわった。

十八というにしては老《ふ》け顔《がお》だが、如何《いか》にも気立てのよさそうな娘で、

「このたびはお父《とっ》つぁんが御厄介をかけまして……」

と神妙な挨拶をした。

「突然のことで、驚いたろう」

東吾にいわれて涙ぐんだ。

「いったい、誰がお父つぁんにあんな非道なことをしたのか、どうぞ敵《かたき》を取って下さいまし」

慄《ふる》え声でいう。嫁入り先の松戸から昨夜、本所へ戻って来て、昨日は野辺送り、その後、家の中を片付けて、借りていた部屋を大家へ明け渡し、今日はこれから松戸へ戻るとのことであった。

兄の庄吉は住込み奉公だし、自分は嫁入りして、父親亡き後、あの長屋に住む者はい

ないわけだから、それが当然の処置なのに、やはり自分の育った家だけに名残り惜しい気がしたと涙の残った目で話す。

「兄《あに》さんが申しました。もう俺達には帰って来る家はないのだから、どんな辛抱もしなけりゃいけないと……」

心細そうな口調が哀れでもある。

「今度のことで、庄吉は何も思い当ることはないといったが、あんたはどうなんだ。死んだ親父さんの話の中に、何か気になるものがなかったか。どんな小さなことでもいい。それが下手人をみつける手がかりになるかも知れないのだ」

東吾の言葉にひっそりと考え込み、

「お父つぁんは無口な人でしたから……」

途方に暮れたような顔でうつむいている。

「あんたが、嫁入り前に奉公していたのはどこなんだ」

「神田佐久間町の内田屋へ女中奉公に行っていました」

内田屋は醬油酢問屋で、主人は平兵衛という。

「番頭さんが松戸の出身で、あたしの縁談は番頭さんの口ききで……」

嫁入りした先は、番頭の甥に当る。

「そりゃあ、よかったたな。大方、あんたが働き者で気立てのいいのが、番頭の眼鏡にかなったんだな」

東吾の言葉に、おそでは赤くなったが嬉しそうにも見えた。

「死んだお父つぁんも、あんたの縁談には大喜びだったんだろう」

「よかった、よかったって。あたしが内田屋さんからお暇を取る時、迎えがてら、御主人や番頭さんに挨拶に来て、何度もお礼をいってくれました」

話していたおそでがふっと言葉を切った。

「そういえば、あの時、帰り道にお父つぁんが妙なことをいいました」

主家から暇をもらって嫁入りまで実家で暮すことになり、浮き浮きしている娘と和泉橋を渡ってから、思いついたようにこういった。

「人は氏なくして玉の輿に乗るというそうだが、全くだなあっていったんです。あたしは自分のことかと思って聞いていたんですけど、その後、また、世の中には幸せになれる者はなれるのか、それにしても変れば変るものだっていいました」

東吾がおそでをみつめた。

「変れば変るか……」

「ええ、ですから、これはあたしのことじゃあないんだと気がついたんですけど……」

「五郎八は、その相手の名をいったのか」

「いいえ、あたしはお父つぁん、誰のことって訊いてみたんですけど、笑って返事はしませんでした。あたしのほうも別にどうしても聞きたいって気持はありませんでしたし……」

「五郎八、いや、お前の親父さんが内田屋へ迎えに来たのは何刻ぐらいだったんだ」

「夕方でした。最後まできちんと御奉公をするようにって。ですから、その日、お父つぁんは商売を休んだんです」

「内田屋から本所までの道は、和泉橋を渡って……」

「柳原土手のへりを抜けて両国橋の近くの鰻屋で二人で晩飯を食べました。お祝だってお酒も一本……」

それから橋を渡って回向院《えこういん》前を通り、本所を抜けて長崎町の長屋へ帰ったといった。

「五郎八はあんたを迎えに来る時、本所の家からまっすぐに内田屋へ来たのか」

「そうだと思います。お父つぁんは昼間、近所の溝《どぶ》さらいを手伝ったっていってましたから、寄り道する暇はなかった筈です」

おそでが時刻を気にして、東吾は紙入れから一分を出して紙にくるんで渡した。

「少いが、婚家へ菓子でも土産《みやげ》に買って行くといい」

驚いている娘を長助が外まで送って行った。

「下手人は旦那方が必ず挙げて下さるから、しっかり働いていい内儀《かみ》さんになるんだぞ」

おそでは泣き顔になり、店の内にいる東吾にも何度となく頭を下げて急ぎ足に立ち去った。

「若先生」

猟犬が獲物をみつけたような目をして長助が戻って来た。

「五郎八は、誰かに会ったんでございますね」

重く、東吾がうなずいた。

「どこで相手を見たのか、おそらく佐久間町へ向う途中だろう」

帰りなら、おそでが一緒にいる。今、そこへ行ったのは、と自然に口に出すに違いない。

「五郎八は内田屋へ娘を迎えに行く途中で何者かを発見した。そいつは昔、五郎八が知っていた人間だが、昔とはすっかり変っていた」

「女でございましょう」

氏なくして乗る玉の輿という言葉が五郎八の口から出ている。

「尾羽打ち枯らしの逆でござんすね」

幸せになれる者はなれるという五郎八の述懐が、その人物の出世したことを裏付けている。

少くとも、五郎八は娘を迎えに行く途中で、すっかり出世した昔の知り合いの女をみかけたに違いない。

「しかし、長助。それが五郎八殺しとは結びつかないよ」

出世した女が昔の知り合いを殺さねばならない理由が難しいと東吾はいい、長助がねばった。

「例えば、昔、いかがわしい商売をやっていた女が、そいつをかくして玉の輿に乗ったりしたら、どうでござんしょう」

五郎八の通り道に向柳原があった。夜鷹の稼ぎ場所として名高い。

「出世した女が、昔、夜鷹だったというのかい」

東吾が苦笑した。

「ありそうな話だがね」

仮に五郎八の知っている夜鷹が大店《おおだな》の内儀におさまっていたとして、

「それが、五郎八にわかるだろうか」

女は化けるもんだぞといった東吾に、長助が食い下った。

「ですが、若先生。五郎八の長屋は吉田町の夜鷹の女達の住いとごく近間《ちかま》でございます。ひょっとして、日頃から顔をよく知っている女でしたら……」

東吾が兜《かぶと》を脱いだ。

「そういうことがあるかも知れないな」

探索は困難だが、手がかりがまるでない今、どんな細い糸でもたぐってみる他はない。

「とにかく、吉田町を調べてみます」

長助は張り切って、肩を聳《そび》やかした。

四

それから五日後。

本所南割下《わりげ》水《すい》にある御家人飯岡作左衛門方から出火し、火は飯岡家が全焼するだけで鎮まったが、焼跡から作左衛門夫婦と悴の作之介、娘のおみよ、合せて四名の死体が発見された。

なにしろ御家人といっても最下級の三両一人扶持、家というのも形ばかりで庭もない。その辺りは似たような住居が建て混んでいる所でよく類焼しなかったものだが、水の便がよいのと、火消しがかけつけるのが早かったせいで、しかも、出火当時に目撃者があった。

飯岡家の向いの、やはり御家人の女房が、夫の出世を祈願して近くの稲荷社へ三七二十一日の願がけに早朝、参詣に出かけていた。

朝参りは人に見られるのを嫌う風習があるので夜明け前の、まだ暗い時刻に行われる。

「その御新造が出かける際、どうもきな臭いと周囲を見廻したら、飯岡家の屋根から煙が上っていたというのですよ」

大川端の「かわせみ」の居間で、畝源三郎が報告したところによると、発見者の御新造が肝のすわった人で、すぐ家族を呼び起し、近所を叩き廻って消火をはじめたという。

「それにしては出火元の人々が逃げ遅れたのはどういうわけだ」

東吾が訊ね、源三郎が僅かに眉を寄せた。

「殺されていたのですよ。死体には明らかに斬殺された痕跡が残っていました」

死体は四人ともばらばらの場所にあり、その中の二人は完全に焼けていない状態だったと、源三郎はるいやお吉に遠慮しながら話した。

「すると、何者かが家族皆殺しにして放火したということだな」

東吾も苦い顔をした。およそ、人殺しの中でも酷《むご》いやり方である。

「本来なら町方の出る幕ではないのですが、お目付のほうから御奉行に協力を求められて来たようです」

ということは目付の調査でも、下手人の見当がつかなかったとみえる。

「飯岡家は御多分に洩れず、内情はかなりきびしかったと思えるのですが、伝え聞く所によると養子が富商の娘と夫婦になった関係で、かなり助かっているというのです」

「養子だと……」

「家を継ぐための養子ではありません。つまり、何か事情のある子供の親代りになったといった話らしいですよ」

「そいつが金持の商人の娘を嫁にもらったのか」

「嫁にもらったのではなく、聟《むこ》入りしたのです。相手は一人娘で……」

「どこなんだ、その商家は……」

「佐久間町の清水屋、材木問屋です」

お吉が口をはさんだ。

「清水屋といったら老舗《しにせ》ですよ。佐久間町には材木問屋が多いんですけど、清水屋は他とは格が違うって聞いたことがございます」

「そんな金持の家へ聟入りしたのなら、養家へ戻って飯岡の名跡《みようせき》を継ぐのは無理だろうな」

東吾が苦笑し、源三郎も否定しなかった。

この節、経済的に破綻している下級武士の家が跡継ぎがいなくて絶家するというのは珍しくなくなっている。かと思うと座頭や町人が金で悴のために御家人の株を買ったなぞという話もあって、本来なら将軍直参《じきさん》の武士である旗本御家人の間にも混乱が始まっていた。従って、殺人放火という事件で一家皆殺しになった飯岡家のさきゆきについても明るい見通しを誰もが持たなかったのだが、数日後、やはり畝源三郎が「かわせみ」に立ち寄っての話では、清水屋へ聟入りしたのが養家へ戻って飯岡家を再興するらしいとのことであった。

「清水屋さんが肩入れをして、大層なお金が動くんでございましょうねえ」

とお吉がわけ知り顔にいったのは、一家が惨殺され、その上、放火までされたのでは武士として不面目この上もなく、ましてお上に届けてあった跡継ぎも殺されてしまった以上、普通なら家名断絶のところであった。それを他家へ養子に出た者が家へ戻って相続をするとなれば、あちこちにつけ届けをし、それなりの運動をしなければならない。それほど金を使って割の合う俸禄を頂いている家でもなし、単純に家名を守るためというなら、それは律義というか、義理堅い決心に違いない。

た。

「奇特な奴もいるものだな」

と東吾はなかば感心したのだが、更に二日後、「かわせみ」の居間で、るいが端午《たんご》の節句をひかえて、五月人形を床の間に飾っていると珍しく裏口から畝源三郎が入って来た。

「申しわけありませんが、間もなく清水屋宗兵衛が手前の名を申して訪ねて来る筈です。内々で話を聞いてもらいたいというのですが、空いている部屋はありませんか」

恐縮していうのに、るいは笑って梅の間へ自分で案内した。

「実は町役人《ちょうやくにん》を通して手前に伝《つ》言があったのですが、清水屋宗兵衛はこのところ、外出すると必ず誰かが後を尾けて来ると申すのです。本来なら番屋で手前に話をするところですが、どうも尾けている人間に町方役人と話をするのを知られたくないということなので、毎度、御厄介をかけますが、こちらをいってやったのです」

源三郎が当惑げに、るいに説明しているところへ嘉助が来た。

「清水屋宗兵衛さんが畝の旦那をとおっしゃってみえました」

早速、るいが帳場へ出て行き、宗兵衛を梅の間へ通したが、戻って来ると嘉助が暖簾の外を窺っている。

「あちらの旦那を尾けて来た奴が居りますんで……」

嘉助が出て行くと、そのまま「かわせみ」の前を通り越して新川の方角へ行ってしまった。

「清水屋さんというと、この前、本所の火事で焼死なすった飯岡様の御養子さんが聟入りした店でしょう」

その一件はるいも聞いているので、

「お素人さんが尾けられるというのは只事ではありませんね」

と嘉助にいっている所へ、梅の間へ茶を運んで行ったお吉が戻って来て、

「清水屋さんの御主人は、まあ土気色の顔をして、ひどく落ちつかない様子でしたよ」

何事だろうと好奇心を丸出しにする。

「とにかく畝様がお呼びになるまで、梅の間には近づかないように」

と指図をして、るいが居間へ戻って来ると、千春《ちはる》が五月人形を前にして、

「お父様のお人形」

と手を叩いて喜んでいる。

たしかに、その桃太郎の鬼征伐の人形は、東吾の初節句に亡父が求めてくれたもので、東吾が「かわせみ」に所帯を持つようになった時、兄の通之進《みちのしん》が、

「これは、東吾が持っているように……」

と蔵から出してくれたものであった。いずれ、男の子でも誕生したらという兄の気持だったのだろうが、あいにく今は千春一人、それでも五月になると必ず居間の床の間に飾ることになっていた。

せがまれて、桃太郎のおとぎ話をしている中に千春が眠ってしまって、すっかり重く

なった体をお吉と二人がかりで隣の部屋へ布団を敷いて寝かせた。台所へ行って華板から今夜、泊り客に出す膳の献立などを聞いていると帳場のほうで東吾の声がする。出てみると、嘉助と立ち話をしていた東吾が、

「ちょっと梅の間へ行って来る」

太刀をるいに渡して廊下を歩いて行った。

外から声をかけて、部屋へ入った東吾を、畝源三郎は早速、清水屋宗兵衛に紹介し、宗兵衛が丁重に挨拶するのを途中から制して、

「実は俺がこの家へ帰って来た時、胡乱《うろん》な男が店の前にいてね。嘉助が暖簾の外へ出て来たら慌てて逃げ出した。気になって後を尾けてみると本所吉田町、仙之助という奴の家へ入ったんで、その近所で聞いてみると七造という仙之助の子分だという。戻って来て嘉助に訊くと、そいつはどうやら、こなたを尾けて来たらしいんだ」

という東吾の言葉の尾について、源三郎が宗兵衛に訊ねた。

「仙之助を知って居るか」

宗兵衛が顔を曇らせた。

「存じませんが、どのような御方で……」

東吾が無造作に答えた。

「夜鷹の元締だそうだ」

「左様な者は全く……」

「尾けられるおぼえもないのか」

「こちらにはございません」

源三郎が東吾をみた。

「申しわけありませんが、豊海橋《とよみばし》のところに長助が猪牙を持って来ている筈ですので、そこまで、清水屋を送って来ます。すぐ戻って来ますから待っていて下さい」

そそくさと宗兵衛をうながして出て行ってから、東吾は居間で着替えをすませた。千春の寝顔をのぞいていると、るいが、

「畝様が帳場のほうが話をしやすいからとおっしゃって……」

と取り次いで来た。

「かわせみ」の帳場の奥にはちょっとした客が用談をするに便利なように一画がしつらえてある。源三郎がそこにすわり込んでいるので、東吾は向い側に腰を据えた。

「長話になりますが、一通り聞いて下さい」

短い前置きで話し出したのは清水屋に関してであった。

宗兵衛夫婦には一人娘がいて、名をおきぬという。それに昨年、聟を取った。

「和太郎といいまして、清水屋に十五の年から奉公をしていて、まあ、けっこう女好きのする二枚目だそうで、おきぬのほうから熱くなって、親が奉公人を聟にするのはどうもとためらっている中に、娘の腹が大きくなりました」

東吾が破顔した。

「手の早い奉公人だな」

「後でわかったそうですが、女癖はかなり悪いようです」

そんな男をどうして聟にしたかといえば、和太郎が猫をかぶっていたのと、娘が夫婦になれなければ死ぬと泣いたせいで、一人娘に甘い親は判断が狂った。

聟養子にしてみると、和太郎には岡場所に馴染の娼妓がいるのもわかり、それも一人や二人ではないと知れた。

「当然、おきぬの耳にも入って夫婦喧嘩が絶えなくなる。その中に、おきぬが流産しました」

和太郎のほうは公然と夜遊びに出かけて行き、時には朝帰りもする。夫婦にして一年も経たない中からこれではと宗兵衛が頭を抱えていたところに、向柳原の夜鷹蕎麦屋殺しが起った。

るいがおしのぎにと板前に作らせた穴子鮨を運んで来て、源三郎は早速、箸を伸ばした。

「和太郎が五郎八殺しにかかわり合いがあるというのか」

湯呑茶碗を片手に東吾が先をうながし、源三郎はもごもごと口を動かした。

「当夜、和太郎は朝帰りだったそうです。明六ツ前に勝手口の戸を叩いて女中を起し、開けさせて自分達の部屋へ入る。それはいつものことなのですが、目をさました女房のおきぬが布団の中から窺っていると金包のようなものを袋戸棚の奥にかくしたそうで、和太郎がひとねむりして近所の髪床へ出かけた後、父親にいって、二人で探ってみると十両の金が出て来たのです」

「源さん」

東吾が空腹らしい友人に鮨を食べる間を与えようと話を遮った。

「和太郎という男は、聟入りしてから清水屋の金を自由に出来たわけではなかろう。金箱は宗兵衛がしっかり押えていたのではないか」

「その通りです」

「すると、夜遊びの金に詰っていたと考えられるが、夜売りの蕎麦屋がいくらなんでも十両の大金は持ってはいまい。それでも宗兵衛がもしやと思ったというのは、それ以前に和太郎と五郎八に何かつながりがあると知っていたんじゃないのか」

「仰せの通り。数日前に清水屋の番頭、……これは近所に所帯を持っていて店に通《かよ》い奉公をしているのですが、夜更けて店から自宅へ帰る途中、夜鷹蕎麦売りの五郎八と和太郎が何やら話しているのをみつけて傍へ行くと、和太郎がえらい剣幕でとっとと行けと、どなりつけたそうです」

「成程、それが番頭の口から宗兵衛の耳に入っていたんだな」

夜遊び好きの聟が人目を避けるようにして話していた五郎八が、向柳原で殺されたのと、ほぼ同じ刻限に和太郎は朝帰りし、おまけに十両という金を持っていた。

「その金はどうなったんだ」

「翌日にはもうなかったといいますし、相変らず夜遊びに出かけたとのことで、大方、娼妓にでもやったか、借金を払ったかでしょう」

更に、宗兵衛を不安にさせる事件が起きた。

「夫婦になれなければ死ぬとさわいだ娘が、目から鱗が落ちたように、和太郎を嫌い出し、女親は最初から聟にするのを反対していたのですし、そういう奥向きの様子がうすうすわかって来ると、それまで黙っていた奉公人達の口からいっせいに和太郎の人柄の悪さが噴き出して来たようで、宗兵衛はたまりかねて和太郎の仮親になっている本所の飯岡作左衛門宅を訪ねたそうです。和太郎の身持の悪さなどを話し、この分だと養子縁組を解くことになると訴えて、ついでに和太郎の本当の親について訊ねたといいます」

奉公に来た際、飯岡作左衛門は自分の遠縁の者であるといい、自分が身許引受け人として仮親になるといったが、和太郎の本当の親については何も語っていない。

「飯岡どのは言葉を濁して居られたそうですが、離縁の話には驚かれたようで、実の親にもその旨を話し、当人を叱責させようなどと申された由、宗兵衛はそのまま帰宅したのですが一夜明けてみると、飯岡家は焼け、家族全員が死亡したわけです」

つまり、これで和太郎の本当の親を清水屋側が知る手だてはなくなったことになる。

「加えて、その後、宗兵衛が外出すると、何者かが尾行する。薄気味悪くなって町役人を通し、手前に面会を求めたと申すことです」

東吾が自分の皿も廻してやった穴子鮨を旨そうに食べながら、源三郎はるいにお茶のおかわりをしている。

「それにしても東吾さん、お手柄ですよ。敵も東吾さんに尾けられたのが運の尽きですかね」

「和太郎と仙之助が結びつくか」

「そうすると万事、辻褄《つじつま》が合って来ますよ」

殺された五郎八は娘に人は変れば変るものと述懐している。

「長助はそれを女と思っていたんです。それは女、氏なくして乗る玉の輿というからで、ただ、よく考えてみると五郎八は女を人といっている。世の中には男でも玉の輿に乗る奴がいるんですな」

東吾もいった。

「和太郎が仙之助の子なら、十五で清水屋に奉公に出るまで吉田町で暮していた筈だ。五郎八の住む長崎町とは目と鼻の近さだからな」

五郎八が少年の日の和太郎を見識っていた可能性は高い。

何よりも、夜鷹の元締の子では、まともな商家に奉公は難しい。

「わが子かわいさに、仙之助は金で飯岡どのに仮親を頼んだのでしょう」

「どうして仙之助は飯岡作左衛門と知り合ったんだ」

「それも仙之助を調べれば判るでしょう」

とにかく、五郎八殺しと飯岡家の放火殺人の二つの事件の輪郭が立ち上って来た感じであった。

「しかし、仙之助というのは、けっこうしたたかな男のようだぞ。少々、ひっぱたかれたぐらいで音を上げるとは思えない」

東吾が呟き、源三郎が合点した。

「わたしもぶっ叩いて白状させるのは苦が手ですからね。まあ、ぼちぼちとまわりから攻めて落城させようと思っています」

源三郎の指揮の下で、長助達が動いた。

まず、古い夜鷹の口から、二十五年前、仙之助が、夫に死なれて夜鷹にでもならないと暮しが立たないという身よりたよりのない女を女房にし、子供が一人生まれたが女はやがて死んでしまい、里子に出されていた子は五つぐらいから吉田町で暮していたが、その中にどこやらへ養子に行ったというのが知れた。

また、横川界隈にその頃から住む者は仙之助の子が目鼻立ちはいいのに、根性が悪く、弱い者いじめの常習で、大人も顔負けの悪戯《わるさ》をしていたのを知っていた。

「今からあれじゃあ、大人になったらろくなことはしでかさねえ。やっぱり親が親だから……」

と陰口を叩いていた者は或る時、そいつの姿が町内からいなくなって、ほっとしていた。もっとも、仙之助の悴がどこへ行ったかは誰も知らないし、訊ねる者もなかった。消えてくれて幸いという感じなのである。

で、その頃を知っている何人かに、ひそかに清水屋の和太郎の顔を見てもらうと、
「多分、あいつだと思いますよ。なにより、仙之助元締の若え時分にそっくりだ」
といった。

一方、仙之助と飯岡作左衛門のつながりはなかなかわからなかった。

五月四日に、東吾はるいと千春ともども兄の屋敷に招かれた。端午の節句の祝膳を囲むためだが、五日は本所の麻生《あそう》邸に招かれているので、神林《かみばやし》家は一日早くということになったものであった。

麻太郎《あさたろう》の友人として畝家の源太郎《げんたろう》も招かれていて、子供達は子供達、るいはもっぱら兄嫁の香苗《かなえ》と話し込んでいるので、あまり強くもない酒をのんびり口に運んでいる兄の傍へ行って、五郎八殺しと飯岡家の放火殺人の話をしたあげく、

「夜鷹の元締なぞと申す者は随分と金を持っているようですが、だからといって仮にも公儀直参の武士とつきあいなどが生じるものですか」

と訊いてみた。通之進はいくつになってもその昔の腕白坊主の面影が消えない弟を眺めてこう答えた。

「東吾は夜鷹の元締なぞが内々で金貸業をしているのを知らないのか」

東吾は、あっけにとられた。

「夜鷹の上前をはねた金で金貸しですか」

「いいたくないことだが、貧しい御家人の家では、もはやまともに金を用立ててくれる

所は借り尽している。背に腹は替えられぬ故、やむなくそういう者の所へ行く。昵懇《じっこん》というのもおかしいが、つながりが出来るとすれば、そうした関係だろう」

「兄上が夜鷹の元締の内情まで御存じとは思いませんでした」

「何事も知っていなくては吟味は出来ぬ」

「おそれ入りました」

兄の前で汗をかき、東吾はその足で畝源三郎の屋敷へ行った。

「源さんは夜鷹の元締が金貸しをしているのを知っていたか」

源三郎が膝を打った。

「迂闊《うかつ》でした」

考えてみれば、ありそうなことではある。

「兄上は御存じだったよ」

「かないませんな」

仙之助と飯岡作左衛門の線はつながったが、殺人の証拠は出て来ない。

通常、こうした場合、しょっぴいて石を抱かせたり、青竹で叩いたりして白状させる役人が多いのだが、源三郎はそれをしないで、ひたすら二件の殺人の目撃者を探索させている。

だが、意外な所から解決の緒《いとぐち》が開けた。

和太郎が飯岡家を継ぐ金を出してくれれば清水屋を出て行ってやるといい出し、立腹した宗兵衛が、この際、親子夫婦の縁を切ると和太郎に申し渡したもので、妻の側から離縁は出来ないが、聟養子の場合、親が縁を切れば娘が夫について行かない限り、夫婦の縁もそこで終るのが通例であった。

「すぐにこの家を出て行って貰いたい」

厳然とい い渡した宗兵衛に、和太郎は何を思ったか、いきなり脇差を持ち出して来た。

だが、宗兵衛はあらかじめ出入りの鳶《とび》の頭《かしら》を呼んでおいたので、和太郎はあっという間に取り押えられ、直ちに番屋へ突き出された。

仮にも義理の父であり、元の主人を殺害しようとしたのは不届き至極というので、取調べが奉行所に移され、吟味方が巧みに尋問して、とうとう和太郎は実の父の仙之助が五郎八並びに飯岡一家を殺害、放火したことを白状した。

仙之助は捕縛され、すでに我が子が何もかも喋っていることがわかると案外、神妙にことの成行きを語った。

五郎八は娘を奉公先へ迎えに行く途中、佐久間町で偶然、和太郎を見た。で、次に商売に出た時、その近所で訊いて和太郎が清水屋の聟養子であることを知った。

「五郎八は夜鷹の元締の悴が大層な出世をしたものだと仰天したんだろうな。同時にそれほどの身分になっているのだから、昔なじみの自分が老いて夜鷹蕎麦売りがつらくなり、もう少し体に楽な商売に代りたいので、その元手を僅かばかり無心してもよかろうと考えた。五郎八の頭にあったのは、せいぜい、一分か二分か、清水屋の若旦那にしたら、ほんの煙草銭と思えたんだろう。だが、和太郎のほうは昔の自分を知っている五郎八がゆすりに出たと判断した。始終、親父の仙之助との連絡に使っている夜鷹の古顔の女に文を持たせて、それを知らせる。和太郎は遊びの金に困って、仙之助に金をせびってもいたんだ。だから、その時も岡場所の借金を払うのに十両必要だともいってやったらしい。約束の夜、和太郎は岡場所で遊んで朝帰りに向柳原で仙之助と会った」

事件が落着した「かわせみ」の居間、東吾の話に耳を傾けていたるいが訊ねた。

「どうして和太郎という人は父親に会うのに暁七ツなどという時刻にしたのです。昼は人目を憚《はば》かるにせよ、夜なら……」

「夜のほうが出にくいものなんだ。晩餉《ばんげ》のすんだ時刻に、ちょいとそこまでといえば、女房はどこへ行くのかと訊くだろう。一度はうまくいいこしらえたにしても、二度も三度も同じ口実は使えない。おまけにせいぜい半刻足らずで帰ってくるんだ。度重なれば店の者だって何をしに行くのかと疑うだろう。手っとり早いのは女遊びに出かけちまってその帰りというのが、実の親父と会って金をもらうという内証事をかくすには、かえって好都合だったんだろう。仙之助のほうも暁七ツに女達の稼ぎ場所を見廻るのは商売柄よくあることで、いつの間にか、暁七ツ、向柳原というのが親子の待ち合せの時刻、場所に決ったらしいよ」

るいが不承不承うなずいて、東吾は源三郎に救いを求めた。

「東吾さんの話された通り、あの夜、といっても暁七ツですが、和太郎は柳原の土手の近くで父親の仙之助と会い、十両の金を受け取り、五郎八の話をしていたのですが、運の悪いことにそこへ商売を終えて帰りかける五郎八が通りかかった。仙之助の話ですと、五郎八は父子をみて、こんばんはと挨拶したそうです。けれども仙之助には愛想のいい五郎八の態度が、俺はお前達父子の秘密を知っているぞと暗にいっているように思えたようで、生かしておいては和太郎の破滅と、いつも用心のために懐中していた匕首でいきなりずぶりと殺《や》ってしまった。和太郎は慌てて清水屋へ逃げ帰り、仙之助もその場を立ち去ったということです」

「飯岡様の一家を殺して火をつけたのも仙之助ですか」

と訊いたのはお吉。

お裁きの結果、仙之助は死罪、和太郎は遠島でもすみそうなところを、あまりにもお上の心証を悪くしたとみえて、同じく死罪を申し渡された翌日のことで、「かわせみ」の連中も、どことなく気が立っている。

「宗兵衛が飯岡家を訪ねた後、飯岡作左衛門は使をやって仙之助を呼び寄せたそうです。勿論、この時、作左衛門どのは仙之助が悴のために人殺しまでしていることは知りません。ただ、和太郎の行状が悪いので清水屋は縁を切りたがっている。この上、和太郎の素姓が知れたらどうしようもないぞと苦い顔をしたので、仙之助はかっとなった。これまでにも悴の仮親になってもらっているところから、無心されれば相当の金を飯岡家へ運んでいる。何もかも悴が大店の旦那になれる日を楽しみに我慢して来た仙之助がこの際、作左衛門の口を封じてしまおうと考えたのは、今までひたかくしにかくして来た和太郎の素姓がここへ来てどうも明るみに出そうな予感があったからのようです」

一度、飯岡家を辞し、仙之助は夜明け前に勝手知った飯岡家へ忍び込み、家族四人を殺害して放火した。

「考えてみれば、仙之助って奴にもかわいそうなところはある。出来は悪いが一人っきりの我が子をなんとか陽の当る場所へ出してやりたいと骨を折ったあげく、その悴を守るために罪を重ねたのでね。しかし、人殺しは人殺し、放火は放火なんだ」

罪が軽くなるわけはなかったと東吾がいい、片すみでお流れを頂いていた長助が盃を手にしたまま、ぼそりと呟いた。

「五郎八爺さんは相手を間違えましたよ。一分や二分の金なら出してやろうという者がないわけじゃあるまいに……」

とはいえ、その日暮しの夜鷹蕎麦売りには、つき合う人間は貧乏人ばかり、たかが一分二分でも、おいそれと出してくれる相手のあてはなかった。

「自分の老後は悴さんや娘さんに厄介をかけまいって思いつめていたっていうのが、つらいですよねえ」

常になく深刻な声になっているお吉に、東吾が冗談らしく笑いかけた。

「心配するな。お吉も嘉助も、みんな俺達の親のようなものなんだ。老後は床の間に飾って大事にするからな。昼間からどうだこうだといわないでもう二、三本、熱燗《あつかん》で頼む」

「若先生ったら……」

お吉がよっこらしょっと立ち上り、東吾は徳利の酒を源三郎と長助に注いでやった。

さわやかな五月の午下り、縁側に出してある花桶には、花菖蒲《はなしようぶ》の紫が陽を浴びて一層、濃さをましている。

庭では千春が東吾に買ってもらった菖蒲刀をふり廻して若い板前を追い廻していた。

野老沢《ところざわ》の肝《きも》っ玉《たま》おっ母《か》あ

一

大川端の旅籠「かわせみ」の裏庭に昨年から夕顔棚が出来た。

そればかりか、その付近がちょっとした畑になって、紫蘇《しそ》や山椒、生姜《しょうが》、芹《せり》だのあさつきだの、野蒜《のびる》に葱《ねぎ》に夏菜などが季節に応じてこまごまと植えられている。

作り主は女中のお石で、それ以前はなんの変哲もない空地だったところが、よくいえば風情が出て来たし、悪くいえば、

「なんだか所帯くさくありませんかね。仮にもここは将軍様のお膝下だってのに、まるで田舎のお百姓さんちの庭みたいですよ」

と女中頭のお吉を歎かせている。

元をただせば、昨年、駿河から商用で江戸へ出て来て「かわせみ」へ滞在する客が、

自分の家で出来たという瓢簞《ひょうたん》を、

「少々、形が面白いので、柱にでもかけて花活けに使って下さい」

とお吉に渡したのを、千春が珍しがって、水を入れたり、腰に提げたりしたあげく、それが藤棚のような所に蔓が伸びて白い花を咲かせ、いくつも瓢簞が生《な》るのだと教えられ、

「そういうのを見てみたい。どこへ行ったら見られますか」

と、るいに訊いた。るいが返事に困っていると、たまたま、そこにいたお石が、

「どこへ行かなくってもごらんになれます。うちの裏庭に作りましょう」

威勢よくいい出して、早速、出入りの植木屋の所へ行って竹だの木材だのをもらって来ると、あろうことか自分で夕顔棚を作りはじめた。

植木屋のほうも心配して、日頃、贔屓《ひいき》にしてもらっている家のことでもあり、早速、若い衆を寄越《よこ》したが、お石は手伝いを断って三日がかりで完成させた。

「凄いじゃないか。こいつはしっかり出来ているから、千成瓢簞がぶら下ったってこわれやしないぞ」

と東吾が例によって奇妙な賞《ほ》め方をした。たしかに少しばかり不細工だが質実剛健といった感じの夕顔棚で、植木屋が苗を持って来て植えつけると、いい具合に蔓が伸びて、今年は待望の白い花が咲いた。

「立派な瓢簞が生るには、まだ、ちっとばかり早いと思いますがね」

と植木屋はいったが、千春は大喜びだし、お石も鼻を高くしている。

そのまわりの畑も夕顔棚と前後してお石が丹精したもので、

「やっぱりお江戸は土がいいんですねえ。手をかけてやれば、なんだってよく育つんですから……」

しみじみした声で、お吉や板前に話している。

で、東吾が、

「お石は在所が恋しくなったのか。むこうの畑じゃどんなものが採れるんだ」

と訊いてみると、

「なんにも採れません」

きっぱりした返事が戻って来た。

「うちの田舎の名産は山芋で、むこうでは野老《ところ》っていいます。少し山へ入るといくらでも採れるんで、それで地名も野老沢《ところざわ》ってついたってお寺の坊さんが教えてくれました」

「山芋の他は何も出来ないのか」

「土を掘っても水が出ないので、井戸がないんです。川も少くて、柳瀬川、上流は久米川っていいますけど、それくらいみたいです。だから、田んぼが出来なくて……」

「そいつは難儀だな」

「場所によっては豆とか麦とか。桑の木や茶の木を植えている土地もありますけど……」

土は一年中さらさら乾いていて、風が吹くと土埃が舞って目もあけられないといった。

そうした土地に生まれ育ったお石にしてみれば、手をかけてやりさえすればささやかながら収穫出来る「かわせみ」の裏庭は宝の地に思えるのかと、東吾はるいと話し合い、不愍《ふびん》に思った。

野老沢から出て来て「かわせみ」へ奉公して三年、最初の中《うち》こそお吉の声が潰れるほど失敗ばかりをやらかして叱られていたお石であったが、性格がいいのと、当人が努力家のおかげで、この節はどこへ出しても恥かしくないだけの素養が身についた。

正直で気がきくので、お吉のいい片腕になっていて、

「叱れば叱っただけのことはあるというのは、お石ちゃんみたいなのをいうのですよ。叱った甲斐があったと思ってます」

お吉は自分の娘の自慢をするように目を細くしている。

川開きの終った朝に「かわせみ」の暖簾をくぐって若い女が入って来た。

粗末な木綿物の単衣《ひとえ》に古びた半幅帯を締めているが、顔だけはきれいに化粧をしている。

もっとも、その化粧は甚《はなは》だ野暮ったく、とりわけ唇にさした紅の色が濃すぎて一つ間違うと岡場所の女と思われかねない。

朝とはいっても、すでに辰の下刻（午前九時）を廻っていて、「かわせみ」の客の大方が出立した後で、番頭の嘉助は帳場で一服していたところだが、入って来た女の正体

がすぐには摑めなかった。

客ではなし、物売りでなし、まず道でも訊ねるのかと思った時、女がいった。

「野老沢から奉公に来ているお石はいるかね」

「あんた、誰だね」

「俺はお石の姉だ」

「名前は」

「おてる」

「待ちなさい」

客用の部屋の掃除を終えて、女中達が帳場の前を通りかかり、一番最後に来たお石が上りかまちの女を見て棒立ちになった。

「おてる姉ちゃん……」

姉がまじまじと妹を眺めた。

「あんた、お石か」

「そうです」

「見違えたなあ。表で会ったらわからん」

嘉助が姉妹に声をかけた。

「立ち話でもなかろう。そこの部屋を使ってかまわないよ」

帳場の奥に小さな部屋があった。急用でやって来た客などの応対に使っているが、この時刻、まず必要がない。

お石をのぞく女中達は裏へ去り、お石が姉へ嘉助を紹介した。

「こちらの番頭さんです。いつもお世話になっているんですよ」

お石にしてみれば、姉が丁寧に挨拶してくれると思ったのだろうが、おてるは、

「どうも……」

と顎をしゃくっただけでさっさと上った。

姉の脱いだ、ちびた下駄をお石はすばやく土間の裏の下足棚のすみに片づけ、姉を台所のほうへ連れて行ったのは、お吉や傍輩《ほうばい》に挨拶させるためのようである。

帳場へ戻って嘉助は煙管《きせる》に煙草をつめながら考えた。

おてるの恰好《かっこう》からみても、今、野老沢からやって来たようではなかった。案外、江戸へ出て来て、お石と同じように奉公しているのかも知れないが、どうも身なりも化粧もちぐはぐである。どういう所で働いているのか、見当がつかなかった。第一、挨拶もまともに出来ないし、口のきき方もひどいものであった。

嘉助が煙草を吸い終えた時、お石が姉を伴って出て来た。おてるは帰るらしい。

「御厄介をおかけしました。ちょっとそこまで送って来ますので……」

とお石がいい、嘉助は、

「折角、来なすったんだ。午飯《ひるめし》でも食べて行ったら……」

と応じたが、

「子供をおいて来たといいますので……」

伏し目がちにお石が答え、姉の下駄を出して揃えてやった。

おてるのほうは何もいわず、嘉助にぞんざいなお辞儀をして外へ出て行く。

「すみません」

とお石がいったのは、姉の不作法を代りにあやまったもののようで、慌てておてるの後を追って行った。

それを待っていたようにお吉が出て来た。

「まあ、同じ姉妹だってのに、なんともはや……」

嘉助に首をすくめてみせる。

「うちのお嬢……いえ、御新造様が、久しぶりに会ったのだろうからゆっくり話もしたいだろうし、うちでお昼というのが気がねなら、外で鰻でもって、お石におこづかいを下さったってのに、それを姉さんがひったくってね。どうも御散財をかけましたって……そんな挨拶があるもんですか」

「どこに奉公してるんだね」

「嫁に来たんですと……」

「なんだって……」

「御亭主は浅草の野老《ところ》茶屋《ぢゃや》で働いているそうですよ」

そこへお石が戻って来た。

「本当にすみませんでした。あたしは姉が江戸へ出て来ているなんて、ちっとも知らなかったものですから……」

故郷から知らせがなかったのは、お吉もわかっている。

「親は無筆ですから、知らせようもなかったんだと思います」

「いつ、江戸へお嫁に来たんだね」

「二年そこそこになるそうです」

「そうすると、子供さんはまだ赤ん坊だな」

子供をおいて来たとお石がいったのを思い出して嘉助が胸算用をし、お吉は、

「どこに住んでいるの」

と訊いた。

「浅草です」

「浅草ったって広いじゃないか」

「自分でもよくわかっていないみたいです。あんまり出歩かないそうで、江戸は広くて人が多くて怖いといっていました」

「そりゃ野老沢から出て来れば、そうだろうねえ」

「今日はこの近くに用がある人に連れて来てもらったんだそうです。あたしがこちら様に奉公させて頂いているのは知っていましたから……」

「よく訪ねて来てくれたじゃないの。これからは遠慮しないで、折々には行き来をしな

さいよ、なんてったって姉妹なんだから、おたがい力になり合わなけりゃ……」

「ありがとうございます」

丁寧に頭を下げてお石が台所のほうへ行き、お吉が心配そうにいった。

「それにしたって、こっちからお石ちゃんが訪ねて行くにしろ、住んでる所がわからないんじゃあ……」

嘉助が笑った。

「わかるよ」

「なんですって」

「御亭主が野老茶屋で働いているっていったじゃないか」

「野老茶屋って何ですかね」

「名前からすると、大方、麦飯にとろろ汁でも食べさせるんじゃないかね」

「いっぺん、若先生にお話しして食べに行ってみますかね」

「お吉さんは、すぐそれだ」

二人で大笑いをして、話はそれで終った。

夕方、東吾が帰って来た。

畝源三郎が一緒である。

「鉄砲洲稲荷のところで出会ったんだ。たまには一杯やろうとひっぱって来たのさ」

嬉しそうに嘉助にいっている声を聞いて、お吉は早速、台所へとんぼ返りをする。

るいと千春に出迎えられて居間へ通り、着替えをする中に、お石が酒を運んで来る。

そこで、お石の姉の話が出た。

「野老茶屋なら知っています。入ったことはありませんが、川越生れの主人が五、六年前に出した店で、まあ居酒屋に毛の生えたようなものですが、麦飯にとろろ汁が名物でけっこうはやっているようですよ」

安価で腹一杯になるのが御時世柄、うけているらしいと源三郎がいう。

「姉さんの亭主は板前をしているのか」

と東吾に訊かれて、お石は首をかしげた。

「もともと野老沢の人ですから、板前さんには無理な気がしますけど……」

もっとも、山芋の皮をむいたり、すり下したりするのは、誰にでも出来る。

「同郷なのか」

「村は違いますけど……」

お石の生れた村はその昔、久米川宿と呼ばれた宿場の近くらしいのだが、そこから眺められる八国山の麓に徳蔵寺という臨済宗の寺がある。

八国山というのは、その山に登ると上野《こうずけ》国の赤城山、下野《しもつけ》国の日光山、常陸《ひたち》国の筑波山、安房《あわ》国の鋸《のこぎり》山、相模国の雨降《あふり》山、駿河国の富士山、信濃国の浅間山、その他、甲斐の山々が見えるところから名付けられたそうだとお石は懸命に指を折って数えた。

野老沢にいた時分、徳蔵寺の坊さんに教えてもらったことらしい。

「徳三さんは、たしか、そのお寺の近くの人だったと思います」

会ったことは何回もないが、野老沢で採れる山芋を買い集めて川越の商家へ売りに行っていて、その中にその店へ奉公したというような話を大人達がしているのを聞いたことがあるという。

「徳三さんが江戸へ出て来ていたのも知りませんでしたし、姉さんが徳三さんの嫁になったことも……」

「姉さんはどういう縁で徳三の嫁になったんだ。そんな話はしなかったのか」

徳三が山芋を川越の商家へ売りに出かけていたとすると、江戸の野老茶屋の主人は川越の人ということだから、案外、そういった線で徳三が野老茶屋へ奉公したのかも知れないと推量しながら、東吾が訊ね、お石は顔を赤くした。

「姉ちゃん……姉は自分から押しかけて嫁になったと……」

「そうすると、以前からいい仲だったのか」

「一昨年の正月に、徳三さんが村へ帰って来たんだそうです。徳蔵寺に用があったとかで、その時……」

「成程」

久しぶりに故郷《くに》へ戻って来た男は江戸暮しが身についていて田舎娘には惚れ惚れするほどよく見えたのかも知れないと、東吾は口に出さなかったが、なんとなく微笑《ほほえ》ましく思った。

だが、女達のほうは生真面目で、

「ちゃんと親御さんの許しをもらって祝言を挙げたんですかね。もしも、ずるずるべったりに子供でも出来ちまったんだと、さきざき、おてるさんがみじめな思いをすることになりかねませんよ」

とお吉が心配し、それを聞いているお石も不安そうな顔になった。

「とにかく、一度、こちらから徳三を訪ねてみよう。他ならぬお石の姉なのだ。いろいろ事情を訊き、もし、力になってやれるようならば出来るだけのことをしてやろうじゃないか」

と東吾がいい、源三郎が、

「相変らず御当家の方々は面倒見がよいですな。手前も町廻りの折、気をつけて、長助にでもそれとなく聞かせてみましょう」

と受け合った。

二

その長助が東吾に会いに来たのは二日後のことで、軍艦操練所の勤務が午すぎに終って、今日は八丁堀の道場の稽古もないので、まっすぐ「かわせみ」へ戻って遅い午餉にありつこうかと門を出て来ると、そこに長助が待っていた。

「お屋敷のほうへうかがおうと思ったんですが、少々、話がこみ入って居りますんで、畝の旦那が、まず若先生のお耳に入れてからとおっしゃいましたんで……」

という。

「そいつは待たせてすまなかった。長助も昼飯はまだだろう、鰻でもつき合ってくれ」

木挽《こびき》町へ出て、小さな店だが鰻は悪くないと聞いていた一軒へ立ち寄った。

店は満員の盛況だったが、いい具合に東吾達が入って行ったあたりから、飯をすませた客が次々と席を立つ。

片すみに落ちついて鰻を註文し、肝の焼いたので酒を一杯、長助の顔が忽《たちま》ち真っ赤になった。

「野老茶屋へ行って来てくれたのか」

おそらく律義な畝源三郎のことなので、浅草へ出かけたとわかっていて話を向けると長助が合点した。

「お石ちゃんの姉さんの御亭主が野老茶屋で働いているとのことで……」

「おてるというんだがな、当人がお石にそういったそうなんだ」

「野老茶屋では徳三と申す男を知らねえようでして……」

「働いていないのか」

「へえ、あそこの亭主は川越から出て来て一旗揚げた爺さんで、年齢《とし》は五十をちっとばかり出て居ります」

女房は昨年、歿《なくな》っているが、悴夫婦と三人で店をやって居り、奉公人は台所方が二人。

「どちらも五十をすぎた女で、すぐ近所からの通いでございます」

野老茶屋というのも、それほど大きな店ではなく、酒とつまみのようなものも出すが、客の大方が註文するのはとろろ汁に麦飯だから、特に板前なぞはおいて居らず、こぢんまりとやって行けるようだと長助は話した。

「徳三という男が以前、働いていて暇を取ったということもないんだな」

「その点は随分と突っ込んで訊いてみましたが、男の奉公人はおいたことがないそうでして……徳三という名前にも心当りがねえと申します」

昨日はそれで引揚げて、今朝は長助が一人で出かけて行って近所を聞いて廻ったが、

「野老茶屋では、女子供でもやれる商売で、男の奉公人はおかないというのが、あその亭主の口癖だとか。店の噂も悪くはございませんでした」

何か都合の悪いことがあってかくしているふうでもないと長助は首をひねった。

「なんだって、お石ちゃんの姉さんは亭主が野老茶屋で働いているなんていったんでござんしょうかね」

「さあてと。俺にもわからないよ」

おてるがそう思い込んでいるのか、或いは見栄《みえ》でそういったのか。

なんとしても、これではおてるの江戸の住居を探し出すあてがない。

「むこうから、また訪ねて来ればよいのだがね」

長助が額に皺を寄せた。

「お石ちゃんの姉さんですから、よもやとは思いますが、何か後暗《うしろぐら》いことがあって江戸へ出て来たんじゃあございますまいか……」

「そいつは今、俺も考えていたところだ」

この際、野老沢の親許に問い合せてやるのが一番早いが、

「わけもわからねえで、親を心配させるのも気の毒だ」

「おっしゃる通りで……」

鰻が焼けて来たのを黙々と食いながら、どうにもいい智恵が浮んで来ない。

だが、長助と別れた東吾が「かわせみ」へ帰って来ると、暖簾のむこうから甲高い女の声が筒抜けた。

「だから、いやになったっていってるだろう、江戸で指折りの料理屋で働いているなんて大嘘でねえか。たかが屋台の麦飯売りのくせして、おらは騙《だま》されたんだ……」

「姉ちゃん」

と制したのはお石の声で、東吾がのぞいてみると帳場に赤ん坊を連れた若い男女がすわり込み、その前にるいと嘉助とお吉、それにお石が向い合っている。

「姉ちゃん、そんな言い方をしたらいけねえ。屋台の商売だって堅気の商人に違いないんだし……」

「そうですよ」

とお石を助けたのは女中頭のお吉で、

「これが泥棒だったの、巾着切りだったというなら話は別だけれど、ちゃんと働いて暮しているんだから。第一、あんた、徳三さんに惚れて野老沢から出て来たんだろう。好きで夫婦になったのなら、苦労を共にするのが当り前だろうに……」

「おらは江戸へ出て来てまで、山芋の皮むきはしたくねえよ。毎日、明けても暮れても山芋洗って皮むきして、そこら中、痒《かゆ》くて痒くて、こんな筈じゃあなかったんだ」

「お前さんなあ」

嘉助の渋い声が遮った。

「暮しに疲れて苛々《いらいら》してるのはわからねえでもないがね、徳三さんの所へ押しかけて来て嫁になろうとした時に、この人が実は立派な料理屋の奉公人なんかじゃねえ、その日暮しの屋台のとろろ汁売りだとすぐにわかったわけだろう。それが気に入らなかったのなら、どうして野老沢へ帰らなかった。ずるずると居すわって赤ん坊まで産んだというのはどういうことだ。この男が手ごめにでもしたのかね」

「とんでもねえことでございます」

慌てていったのは徳三という男のようで、

「たしかに俺は野老沢へ帰った時、言葉のはずみで立派な店に奉公していると嘘をつきました。ですが、それは心の中に浅草の野老茶屋があったからで、自分もいつか一軒の店を持ちてえと思っていたのが、つい、口に出たので……そのことは、おてるさんが訪ねて来た時、どれほどあやまったか知れません。それに、俺にしてみれば、おてるさんと夫婦約束をしたわけでもないし……」

「江戸へ出て来いといったでねえか」

おてるがどなり、徳三が及び腰になった。

「それはまあ……」

「口から出まかせか」

「俺は野老沢へ帰ってくれといったでねえか。二、三日、江戸見物でもして……お前が勝手に居すわっただ」

「帰《けえ》れなくしたのは、お前でねえか」

まあまあと嘉助が制し、それまで眠っていたらしい赤ん坊が目をさまして泣き出した。るいが赤ん坊を抱き上げ、その拍子に暖簾のところに立っていた東吾に気がついた。

「まあ、貴方……、ちょっと、旦那様のお帰りですよ」

俄かに帳場の雰囲気が変って、東吾は憮然として土間へ入った。るいに背中を押されるようにして居間へ行くと、千春は悠々と昼寝の最中である。

「帳場にいたのは、お石の姉夫婦らしいな」

と東吾が水をむけたので、るいは、

「夫婦喧嘩は犬も食わないっていいますもの。いうだけいえば気がすむでしょうよ」

なまじ口をはさまないほうがいいと考えている。

「嘉助とお吉にまかせておけば、いいようにおさめてくれますでしょう」

といったように、間もなくお石が入って来て、

「本当に申しわけありません、おさわがせ致しました」

小さくなってお辞儀をした。

続いてお吉がやって来る。

「あの二人、帰りました。番頭さんがその辺でお蕎麦でも食べさせてやろうとついて行きましたから……」

東吾の昼飯はどうなのかと訊いた。

「俺は長助とすませて来たよ。実は長助が浅草の野老茶屋を調べてくれてね。徳三という奉公人がいないとわかって、こいつは厄介なことになりそうだと思いながら帰って来たんだ」

「左様でございますか」

うなずいて、お石に、

「ここはいいから、板前さんに若先生はもうお昼をおすませだからと伝えておくれ」

と命じた。

しょんぼりとお石が立って行き、改めてお吉が、

「本当に度々、おさわがせしてすみません」

我がことのようにあやまった。

「別に、お石のせいじゃありませんよ」

るいは笑ったが、お吉のほうは、

「ただの夫婦喧嘩ですめばいいんですが……」

と眉間に皺を寄せている。

「あのおてるさんって子は、お石とは母親が違うんだそうですよ」

お石の家には先妻の子が三人、その先妻が病死して、後妻に来たお石の母親が五人、子供を産んでいるようだとお吉がいい出した。

「お石ちゃんのおっ母さんは律義な人で、先妻の子には他人の飯を食って苦労をさせたくないって考えて手許におき、自分の産んだ子を他国へ奉公に出したんだそうです。おてるって子も、それで満足していたらしいんですけどね、心の中ではやっぱり江戸へ憧れるみたいなものがあったんでしょうかね」

江戸から親の法事に来た徳三に惹かれて、村を出て来てしまった。

「おてるの親は、おてるがどうしているか、わかっているのか」

東吾の問いに、お吉がうなずいた。

「さっき、徳三さんから聞いたんですけど、ちゃんと知らせてあるそうです」

るいがいった。

「親御さんも承知なら、まあいいかしらと思ったんですよ。なんのかのといっても、子供さんも出来ているんですから、喧嘩をしながら、だんだん夫婦らしくなるんじゃありませんか」

「願わくば、そうあってもらいたいね」

どこか不確かなおてると徳三の間を不安に感じながら、それでもまあと「かわせみ」の面々が考えていたのは、お石の辛抱強い性格を知っていたからだったが、姉妹でも人はそれぞれだと気がつかされたのは、その翌々日の早朝、徳三が赤ん坊をしょって「かわせみ」へやって来てであった。

「おてるが出て行きました」

青い顔で徳三がいうのには、昨日、商売を終えて帰って来ると、同じ長屋の糊売り婆さんがびいびい泣く赤ん坊をもて余していたという。

「俺が商売に出かけた後、おてるは赤ん坊をおいて出て行ったようで、昨夜はいつ帰るかと待っていたんですが……」

遂に夜があけて、これは「かわせみ」の妹の所へ行っているのかと訪ねて来た。

「うちには来ていませんよ」

お吉にいわれて考え込んだ。

「そうすると野老沢へ帰ったのかも……」

途方に暮れている徳三に朝飯を食べさせ、お石は赤ん坊の世話で慌てふためいている。

その中に徳三は決心したらしい。

「これから野老沢へ行きます」

といい出した。今まで夫婦喧嘩をする度に野老沢へ帰れといい続けて来たし、他におてるの行くあてはない筈だと断言した。

「この際、おてるの親にも会って、きちんと話をして来ようと思います」

おてるは家出同然で江戸へ出て来て、徳三の所にころがり込んだのであった。

徳三がこうこうだと知らせてやってはいても、やはり、それだけですまされるものでもなかろうと「かわせみ」の人々も思った。

で、るいが一応、

「もし、なんでしたら赤ちゃんをおあずかりしても……」

と気を遣ったが、徳三は、

「いえ、むこうの親にも、この子の顔を見せてやりてえと思いますので……」

そそくさと出て行った。

野老沢までは川越街道から行く道や甲州街道、或いは青梅街道を通る方法などいろいろあるが、どこを行っても途中からは枝道を入らなければならない。距離にしてはたいしたことではないが、不便であった。それでも、男の足なら一日旅である。

「むこうでうまく話がついて、仲直りが出来るとよござんすね」

とお吉はいい、嘉助は、

「親御さんも居なさるんだ。おてるさんにきちんと意見をしなさるだろうよ」

といった。おそらく、徳三もそれをあてにして野老沢へ行ったに違いない。

「子はかすがいというじゃないか。徳三もおてるも悪い人間じゃない。若気のいたりでわああいっても、結局、おさまる所へ落ちつくさ」

と東吾も考えていた。

その東吾は十日ほど先に、若手の指導のため練習艦に乗る予定になっていたのだが、肝腎の船が嵐に遭って大破し、修理所に入っている有様で、今のところ、予定通り乗船出来るかどうか危い有様になって来た。

なにしろ、幕府も西の方から風雲急を告げて来て居り、上層部は腰が落ちつかないし、万事に朝令暮改で軍艦操練所のほうも折々、そのとばっちりを受けている。

徳三が野老沢へ発って行って五日が過ぎたが、「かわせみ」には何の音沙汰もない。

「わたしらは他人ですから、知らせがなくとも当り前みたいですけど、お石にしたら姉さん夫婦のことですから心配でたまらないと思いますよ」

口には出さないが、しっかり者のお石が働きながら、そっと空を眺めていることがあるとお吉は顔を曇らせている。

七日が過ぎて、とうとう嘉助がいい出した。

「徳三さんの住居は聞いておきましたんで、ちょいと様子を見に、行って来ようかと思います」

「かわせみ」の朝の仕事が一段落ついた所で、お石を伴って出かけて行った。

「この節の若い者のことですからね。案外、何日も前に帰って来て、二人でけろりとして暮しているんじゃありませんかね」

針仕事をしているるいの所へ来て、お吉は盛んに気休めをいっていたが、やがて帰って来た嘉助の話に唖然とした。

徳三が住んでいたのは浅草の新鳥越町の裏長屋だったが、嘉助とお石が訪ねて行くと早速、隣に住んでいる糊屋の婆さんが出て来て大変な剣幕でまくし立てた。

「徳さんならもう七日も前から帰っていませんよ。おてるさんはその前から居なくなっちまって、さんざん面倒をみたあたしに一言の挨拶もなしだからね。大方、夫婦でしめし合せて出て行ったんだろうけど、大家さんはかんかんだよ。家賃を三つも溜《た》めちまっていたそうだから……」

板敷の四畳半ひとまの家の中に残されていたのは綿の出た布団が一枚、古びた釜と鍋に欠け茶碗と皿小鉢ぐらいのもので所帯らしいものは何もない。

糊屋の婆さんの知らせで差配がかけつけて来て、嘉助は未払いの家賃を立て替え、もし二人が戻ったら、妹が心配しているから顔を出すように伝えてくれとだけ頼んでその長屋を後《あと》にした。

「そうすると、二人共、野老沢に落ちついちまったんですかねえ」

お吉が途方に暮れ、

「それならそれで、お石のところに何かいって来るだろう」

おてるは無筆でも、徳三のほうはまがりなりにも文ぐらいは書ける筈だと嘉助はいう。

「野老沢にいられるわけはありません」

といい出したのはお石で、

「あの土地は作物もろくに採れないし、他に仕事もないんです。跡継ぎは村に残りますけど、あとはみんな他国へ働きに行くので……」

徳三とおてるが村に暮せる筈がないと情なさそうに告げた。

「どこかで悪いことになってやしませんかしら……」

おてるはまだ若い女だし、器量も人並みである。故郷へ帰る途中、女衒《ぜげん》などに目をつけられたかも知れないし、徳三がやけになって子供をどうかするとか、

「親子心中なんてことにはなっていませんでしょうね」

考えれば考えるほど悪い想像が浮んで来て、とうとうお石がいい出した。

「勝手なお願いですけど、あたしに二日ばかりお暇を下さいませんでしょうか。野老沢へ行って、二人がむこうへ行っているかどうか確かめて来たいんです」

自分も落ちつかないし、これ以上、お吉や嘉助に心配をかけたくないと最後は涙声になる。

「あたしがお石ちゃんについて行きますよ。若い女一人の道中はいけません」

お吉がその気になり、東吾が結論を出した。

「女二人というのも物騒だ。俺が行ってやるよ。お石一人をつれて行ってもいいが、まあ、お吉も一緒のほうが具合がいい。どっちにしても、俺は練習艦が修理所から出て来ない限り、用なしなんだ」

もう何日も自宅待機といった状態であった。

出発は翌日の夜明け前で野老沢への道は、お石が「かわせみ」へ奉公に来る時、仲間と一緒に歩いて来た甲州街道を行くことになった。府中からいわゆる鎌倉街道を北上する道で、お石が知っているのはその道筋しかない。

なにがなんでも歩いて行くというお吉を、急ぐ旅だからと無理に駕籠《かご》に乗せ、東吾はもとより、お石は健脚なので、途中、二度ほど小休みしたものの、午すぎには府中に着いた。

鎌倉街道はその昔、鎌倉に幕府があった時代に、諸国の武士集団が領地と幕府を往来した道で、諸豪族の抗争の戦もこの道の上でくり広げられている。

江戸になってからは、その軍事上の必要もなくなり、もともと枝道や間道の多かったこともあって主要な街道からはずされたりした結果、宿場や立場《たてば》も整備されず、旅人も敬遠しがちであった。

府中から野老沢への道もその例に洩れず、穏やかな田舎道で、もし旅人がこの路上で日が暮れてしまえば、寺に厄介になるか、野宿でもする他はない。

お吉を乗せて来た駕籠は府中までだったが、そこから先はお石の話によると、たいして遠くもないらしい。

もっとも、田舎の人のすぐそこというのは当《あて》にならないと東吾は用心していたが、やがてなだらかな稜線を曳く山がみえて来て、その山裾を流れる川のほとりに藁葺き屋根の山門を持つ寺があった。

徳蔵寺と刻んだ石碑を東吾が眺め、山門のむこうをのぞいたお吉が、

「ここらあたりにしたら、立派なお寺じゃありませんか」

と感心しているのに、

「あたしの家は、このすぐむこうの村です」

指をさして教えかけたお石が、あっと声を上げた。

「おっ母さんでねえの」

青葉若葉の美しい境内に、子供を抱いた女が住職らしいのと立ち話をしている。お石の声でふりむき、まじまじと眺めてから、

「お石かね」

信じられないという表情を見せた。

「おっ母さん、こちらはあたしが奉公させて頂いている御家の御主人様と女中頭のお吉さんです」

お石がひき合せ、小肥りでよく陽に焼けた顔の初老の女は丁寧に挨拶をした。

よくみると、女が抱いている子は、徳三とおてるの息子である。

「やっぱり、徳三さんと姉さんはこっちへ帰って来ていたんですか」

お石が訊ね、母親はいいやと答えた。

「徳三はこの子をおらにあずけてすぐに出て行った。おてるは帰って来ん」

「なんですって」

「徳三は男手では子供は育てられん。三年でも、五年でもあずかってくれろ、必ず取りかえしに来るとな」

傍から和尚がおっとりといった。

「いやいや、取りには来んよ。そうやってあずけて行ったもんは男でも女でも、まず一生、連れには来ん。連れに来たくとも、みんなその日その日の暮しに追われ、その中には別な相手と一緒になって、そこにも子供が生まれる。去る者は日々に疎《うと》しというてな。まことに子供が可愛ければ決して人にあずけはせん。親がいたいけな子供を手放した時、親子の縁は切れるんじゃ」

子供を抱いたお石の母親がなんともいい笑顔で応じた。

「和尚さんのいいなさるのはもっともじゃと思うが、我が子が産んで、育てられんという子であれば、婆が育てるのが当り前じゃでね。誰でもない、わしの孫だ」

お石を見て訊ねた。

「お前も、こちら様も、この子のことを心配して、ここまで来て下されたのか」

「そうだ。この子のこともだけれど、姉ちゃんの行方も知れねえし、徳三さんも野老沢へ行って来るといったきり消息がねえし……」

最初、きちんと挨拶したお石がだんだんお国なまりになって行くのを、東吾もお吉も微笑ましく眺めていた。

ここへ来て、徳三とおてるの行方がわからなくなっているのを知ったというのに、どういうわけか暗い気持になれない。それは、どうやら、子供を抱いて話しているお石の母親の底抜けに明るく、悠々とした雰囲気のせいらしい。

「あの二人は、江戸で何か悪いことでもしでかしたかね」

思わず東吾が返事をした。

「いや、悪事など働いたわけではない。徳三は麦飯ととろろ汁を屋台で商って働いていた。おてるもそれを手伝っていたようだが、そうした暮しに飽き足りなくて家出をしたらしい」

「それは、御心配をおかけしてすまねえことでございました。この通り、お詫びを申します」

「おっ母さんにあやまってもらうことはない。実をいうと、ここへ来て、赤ん坊を抱いたおっ母さんに会っただけで、俺達はほっとしているのだ」

「おてるは母親が早く死んだで、つい、わしが甘やかしたのがいけねえ。申しわけねえことです」

住職が東吾へとりなすように続けた。

「徳三と申すは赤ん坊の時、両親が歿りましてな。この寺で十《とお》の年まで育ちました。川越へ奉公がきまって出て行く時、お前の名を徳三とつけたのは、この徳蔵寺にあやかったものだ。どこへ行っても自分の育った所を忘れぬようにと申してやりましたが、さて、人が一人、この世の中で生きて行くのは、なかなか大変なことじゃで……あいつが御迷惑をおかけした分は愚僧が心よりお詫び申します」

むずかり出した子供を抱き取って、馴れた所作であやしている。

「おっ母さん。あの子あずかって、大丈夫なのかね。おっ母さんだって若くない。やっと子供から手が離れたばっかりだのに……」

お石の言葉に母親が笑顔で首をふった。

「わしはお前も入れて八人の子を育てただがね。もう一人ぐらい、なんということもない。いくら貧乏でも、孫ぐらい育てられるで、心配することはねえ。それより、しっかり御奉公するだ」

お吉と東吾に改めて頭を下げた。

「わしは三年ぶりにお石に会って、見違えたですよ。この村から出て行った時は猿公《えてこう》じゃといわれても仕方ねえような鬼っ子を、ようここまで立派に仕込んで下された。有難てえことで……」

お吉が大きく手を振った。

「この子がこんなになったのは、この子の心がけのせいですよ。こんないい子は滅多にいやあしません。こちらの旦那様も、江戸でお待ちの御新造様も、どれほどお石に目をかけて下さっていることか。おっ母さん、お石ちゃんのことなら何も心配はありませんよ」

まっ黒な顔に白い涙がこぼれ、それを野良着の袖で拭きながら、母親は何度も頭を下げた。

「どうぞ、お石をお願い申します。この子は幸せ者だ。わしはもう何も心配はせん」

お石へいった。

「姉ちゃんのことは案じてくれねえでええよ。もう大人だ。第一、この広い世の中、探そうたって探せるものでもねえ。おてるも必ずどこぞで働いて暮している。どうにもならなくなったら、この村へ帰って来るでね。わしに出来ることは、この子を大事に育てることさ。母ちゃん、それしか出来ねえもんね」

お石が母親にすがりつき、母親は太く節くれ立った指で娘の背中を撫で続けた。

その夜は徳蔵寺で厄介になり、翌朝、東吾とお吉、お石は江戸へ旅立った。

徳蔵寺橋と名づけられた川っぷちまで、子供を抱いたお石の母親は八歳と十歳だというお石の妹二人を伴って住職と共に見送りに来た。

「お石のおっ母さんは徳蔵寺の白衣観音《びゃくえかんのん》の生れ変りかも知れないな」

川のふちの一本道を府中へ向いながら東吾がいった。

「俺は昨夜、あの寺の御本尊の白衣観音様をみて、お石のおっ母さんにそっくりなんで驚いたよ」

お石がはにかんで答えた。

「おらのおっ母さんは、あんな器量よしじゃねえですよ」

お国なまりに気がついてまっ赤になった。

「おれ……いや、わたし、故郷《くに》へ来たら、すっかり故郷の言葉に戻ってしまって……」

「いいのさ、それが自然なんだ」

野を渡る風に青葉の匂いがしていた。

「まあ、ここらあたりは閑静で……ですが、ちょっと鄙《ひな》びすぎてますですね」

大真面目で感想を述べているお吉の足も軽い。

どこかで雲雀《ひばり》の啼き声が聞えていた。

三

その夏の終り、東吾は飯倉の方月館を訪ねて、近くの辻で麦飯ととろろ汁を屋台で商っている徳三をみかけた。で、

「おい、徳三じゃないか」

と声をかけると、彼は泡をくらって屋台をかつぎ、すさまじい勢いで逃げて行った。

「あきれた奴だな。俺になぐられるとでも思ったのか」

徳三に出会ったことを、東吾はるいにも「かわせみ」の誰にも告げなかった。なによりも、お石の耳に入るのを避けたかったからである。

そして、るいはお盆の前日、お吉をお供にして庄司家の菩提寺、浅草の福富町に近い浄念寺の墓地へ参詣に出かけた帰り、新堀の向う岸の道を自堕落な恰好で傍輩らしい女

達と歩いて行くおてるの姿を目撃した。

さりげなくお吉をうかがったが、お吉のほうは待たせてあった猪牙の船頭に買って来た団子を渡していて、まるっきり気がついていない。

るいは目を伏せて、さりげなく日傘のかげに身をかくすようにして、猪牙に近づいて行った。

無論、おてるを見かけたことを、誰にも話す気持はない。

おてるにはおてるの、お石にはお石の人生があるのだと、改めて胸の底で自分にいいきかせただけであった。

七月、江戸はもう秋の気配を空の片すみに漂わせている。

昼顔《ひるがお》の咲《さ》く家《いえ》

一

六月なかばの午後、神林東吾が軍艦操練所から退出して鉄砲洲稲荷まで戻って来ると高橋《たかばし》のところに麻生宗太郎《そうたろう》が立っていた。

むこうは東吾より早くこちらに気づいたようで柳の木かげに陽ざしを避けながら東吾の近づくのを待っている。

患家の帰りかと思ったのだが、薬籠《やくろう》を提げていない。そのかわり、四角い木箱を風呂敷包にしたのを抱えている。

「いいところで会いましたよ。飛んで火に入る夏の虫ですね」

「なんだと……」

「まず、この包を持って下さい」

さし出されたのをなんとなく受け取ると、これがずっしりと重い。

「なんだ。これは……」

「清国の酒ですよ」

「毒でも入っていたのか」

「剣呑《けんのん》なことをいわないで下さい。千種屋《ちくさや》から貰ったんです」

千種屋というのは和漢の薬種問屋であった。

江戸でも指折りの老舗だが、この節は蘭方の薬種も多く仕入れている。

顧客の中には、宗太郎の父で御典医の天野宗伯《あまのそうはく》や、その妻の里方に当る典薬頭《てんやくのかみ》、今大路家の人々が名を連ねていた。

そうした親の縁もあって、宗太郎も昵懇《じっこん》にしている。

「東吾さんは知らないでしょうが、清国の酒の中でも、これは銘酒なのだそうですよ。一口飲めば陶然とし、日頃から適量を用うれば長命疑いなし」

「要するに医者いらずってことか」

「惜しむらくはあまり旨いので、つい、度を越す。何事も過ぎたるは及ばざるが如しですよ」

「俺にくれるというのか」

「東吾さんにはもったいないですね」

「麻生の義父上《ちちうえ》は……」

「残念ながら異国のものはお嫌いです」

「どうするんだ。こんなもの」

「高山仙蔵先生にさし上げたらお喜びになられるのではないかと思いましてね」

あっけにとられた東吾の顔を眺めて笑った。

「あちらは長崎でのお暮しが長い。長崎会所の手代をされていたこともおありだそうで、当然、異国のものにも馴れてお出《い》ででしょう。更にいえば、この節、花世《はなよ》までがしばしば御厄介になり、麻太郎君と源太郎君は殆ど高山家に入りびたりで教えを乞うているとか。神林家も畝家も奥方が中元の御挨拶にはうかがっているそうですが、当家はまだなのですよ」

「成程、そういうことか」

高山仙蔵をわずらわせたのは、この高橋の上で男が何者かに金を盗まれ、それを通り合せた神林麻太郎と畝源太郎の二少年が追いかけた。

その結果、金包は取り戻したが、その金の中に横浜などへ欧米人が持ち込む洋銀、メキシコ・ドルラルが一枚入っていた。で、仙蔵を訪ねていろいろと教えを乞うたのだったが、以来、麻太郎と源太郎は高山家を訪ねては、さまざまな新知識を学んでいるのは東吾も承知していた。最近は麻生家の長女、花世までが、その仲間に入っているという。

「東吾さんも一緒に行きましょう」

「なんで俺が……」

「胸におぼえがあるでしょう」

宗太郎が歩き出し、東吾はなんとなくその後に続いた。

兄の養子になっている麻太郎の本当の父親が東吾であることを、麻生宗太郎は知っている。胸におぼえがあるでしょうといったのはその故で、その点を突かれると東吾としては一言もない。

越中堀が弾正橋のところで南に折れて大川へ流れ込む掘割沿いの道は、北側が本八丁堀で町屋の裏は八丁堀組屋敷が日本橋川の岸辺まで続いている。

「どうでもいいが、こいつはけっこう重いな」

「重いから東吾さんに持ってもらったのです」

「薬籠を持ち馴れているだろう」

「商売道具はいくら重くても苦にならないものですよ」

「坊主持ちにしようか」

弾正橋のほうから按摩の来るのをみて東吾は提案してみたのだったが、

「冗談ではありません。手前は本所から提げて来たのですよ」

「そりゃまあ、御苦労なことだ」

「酒はもらいもので、我々の懐は痛みませんからね、せめて、労力ぐらいでしか感謝の気持はあらわせません」

「相変らず、口は達者だな」

白魚橋を渡って水谷町から三十間堀沿いに突き当りまで行くと、すぐに新橋。

高山仙蔵の住居は出雲町の裏側にある。

玄関で声をかけると、若い女が出て来た。

身なりからいって女中のようである。

「先生は畑のほうでお弟子さん方と唐なすびをもいでお出でです」

東吾と宗太郎が各々、姓名を名乗ると、

「少々、お待ち下さい」

とひっ込んだところへ、ひょっこり花世が顔を出した。手に茄子《なす》のような赤い実を持っている。東吾と宗太郎を眺めて、おやまあという表情をし、奥へ走り込みながら、

「先生、親が来ました」

と叫んでいる。東吾と宗太郎が顔を見合せていると、先刻の女中が戻って来て、

「どうぞ、お上り下さいまし」

と奥へ案内してくれた。

その部屋は以前、東吾が通されたのと同じところで暑い時だから障子はすべて開け放し、縁側から庭が丸見えになっている。

この家の庭は畑であった。花だか野菜だか幾種類もの植物が育っていて、どうやらそれらは南蛮種のものだと、この前、訪ねた時に気がついている。

畑には源太郎と麻太郎がいた。二人共、花世が持っていたのと同じような実をもいで

笊《ざる》に入れていたが、仙蔵から、

「もうそのくらいでよかろう。井戸端へ持って洗って来なさい」

といわれて、東吾と宗太郎に一応の会釈をしてから何やら笑い合いながら走って行った。

男二人がこもごもに日頃、子供達が厄介をかけていることの礼を述べ、風呂敷包を解いて酒を出すと、仙蔵は早速、木箱の中から酒甕《さけがめ》を取り出して子細に眺めていたが、

「これは有難い。遠慮なく頂戴致す」

子供のような顔をして頭を下げた。で、東吾が、

「先生はかようなものがお好きなのですか」

と訊くと、

「暑気払いによし、寒さしのぎによし。第一、これは日本の酒のように腐るということがない。なんなら封を切る故、味わってみるかね」

少々、惜しそうにいう。

「いやいや、我々は日本の酒で満足して居りますから」

東吾が固辞すると、大事そうに床の間へ持って行った。そこへ、麻太郎と源太郎が笊を運んで来る。赤い艶々した実が十数個。

「二人共、食べてみたか」

「いえ、まだです」

「では、おあがり」

「頂きます」

少年二人が同時に手を出して赤い実を丸ごと頬ばった。

「どうだ」

と仙蔵に問われて、麻太郎は、

「思ったより甘味はありませんが、さっぱりして旨いです」

と答え、源太郎もそれにうなずいて盛大に口を動かしている。

「女の子はどうした」

「花世さんは、さっきから台所で頂いています」

「要領がいいな」

笑いながら、東吾にも勧めた。で、東吾が手を出しかけると、宗太郎が小さく、

「青くさいですよ」

とささやく。とはいえ、出した手をひっこめもならず、小さそうなのを取ってかぶりつくと、なんともいえない味がする。

「麻生さんは御存じのようだが、これは赤茄子、また唐なすびとも蕃茄とも書かれるのは形が茄子に少々似ている故で、味は似ても似つかぬ。もともと野生のものが食用になったのはメキシコあたりで、スペインがメキシコを征服してから諸方に広まったらしい。我が国では寛文年間に長崎へ伝わったと記録にはあるが、この色といい、青くささとい

い、日本人の好みには合わなかったものでそれっきりになったようだがね。わしは長崎にいた時、阿蘭陀《オランダ》人からもらって食して、案外、気に入ったので栽培法なぞを聞いて試みたが、どうも成功しなかった」

たまたま、今年、横浜へ出かけてこの苗を売っているのをみつけて買って来た。

「猫の額のような我が家の畑でどうかとあてにはしなかったのだが、麻太郎と源太郎がよく世話をして、植木屋になんだかだと訊いて肥料などをやって居った。まあ、植木屋もこんなものはみるのも初めてだというから、万事、当てずっぽうで育てたんだろうが、うまいこと実がついた。だから、この二人はせっせと食べる権利がある」

仙蔵の言葉に麻太郎と源太郎は嬉しそうな顔でみるみる三個ずつ平らげた。残りは仙蔵の分らしい。

「かようなものを食して大丈夫なのですか」

不安になって東吾は訊いたが、

「何をいうか、これは病知らずというて食うて居れば夏まけもせぬ。麻生さんの娘なぞは五日も前からやって来て、日に五個も十個も食うて行く。そのせいか、この節は元気がよすぎて、玄関から入らず、裏の垣根をとび越えて来るぞ」

宗太郎が父親の顔で詫びをいい、東吾はその宗太郎をうながして帰りの挨拶をした。

東吾に声をかけられて、子供達三人も仙蔵に暇《いとま》を告げる。

少々、驚いたのは、玄関まで送って来たさっきの女中が五歳くらいの子供を伴ってい

たことで、表通りに出てから、

「今の女中は高山先生の所の奉公人か」

と訊くと、花世が早速、

「そうです。先生の身の廻りのお世話をする人で、名前はおきよさん、坊やは幸吉さんといいます」

と教えた。

「先生のお宅に住んでいるのか」

「おきよさんの家は、先生の家の畑の裏側のほう……」

たしかに高山家の裏のほうは、こぢんまりした家が何軒か並んでいる。

「すると通いだな」

「朝来て、夕方、お家へ帰るって幸吉坊やがいってました」

麻太郎と源太郎が感心して聞いているところをみると、少年二人はおきよについて全く関心がなく、従って、おきよの名前ぐらいしか知らなかったのに、後から来た花世は自分の好奇心を満たす程度のことを、おきよ母子から訊き出していたらしい。

「花世、仮にも女の子なのだから、垣根をとび越えて、人の家へ入るというのは……」

思い出したように宗太郎が叱言《こごと》をいい、花世はとっとと走り出した。

「待ちなさい。花世」

父親の声が追った時は、もう町角を折れている。

一日、江戸の町を焼き尽したような太陽が漸く西へ落ちはじめていた。

深川の料理屋の中でも屈指の老舗、望潮楼の主人、宇兵衛が西本願寺に近い路上で死んでいるのがみつかったのは、七月二日早朝のことであった。

遺体は頭から血を流して居り、その凶器となったらしい樫の杖は血に染まって遺体の傍に落ちていた。

二

宇兵衛の身許が知れたのは、懐中していた紙入れの中に今年正月、深川八幡で延命長寿の御祈禱をしてもらった時の護符が入っていて、それに、願人として望潮楼主人、宇兵衛五十二歳と書かれていたからである。

知らせを受けて、すぐに深川長寿庵の主人であり、定廻り同心、畝源三郎から手札を頂いている長助が宇兵衛の悴、伊之助を伴ってかけつけて来た。

「実は今しがた、こちらの伊之助さんがあっしの所へお出でになりまして、昨夜から宇兵衛さんが帰っていないのだが、どうしたものだろうと相談されまして、そこへ店のほうから知らせが来ましたんで、とるものもとりあえず……」

と長助が申し立て、伊之助は変り果てた父親の姿に茫然自失の体である。

八丁堀の組屋敷からは長助の知らせで出仕前の畝源三郎が来た。やがて、宇兵衛の遺体は深川へ運ばれ、家族は畝源三郎から少々のことを訊かれた。

そして、東吾は軍艦操練所の勤務を終えて出て来たところで、待っていた長助から子細を聞き、そのまま、一緒に深川へ向った。

佐賀町の長寿庵では畝源三郎が腹ごしらえをしていた。

「この時刻だと、東吾さんも昼飯はまだでしょう」

と源三郎にいわれて、東吾は、

「冷やっこい奴を頼む」

麦湯を運んで来た長助の女房に頼んだ。

築地から深川まで日盛りを歩いて来たのだから、額から汗がふき出している。が、店の中は風が吹き通り、この夏中、涼を運んでいた風鈴が名残りの音を響かせている。

「東吾さんは、高山仙蔵どのを御存じですね」

箸をおいた源三郎に訊かれて、東吾はうなずいた。

「先月なかばに宗太郎とお訪ねしたが……」

望潮楼の主人殺しの件で俺を呼んだんじゃないのかといった東吾を、源三郎は軽く制した。

「実は長助が東吾さんを迎えに行っている間に、屋敷へ戻りましてね、源太郎から訊けるだけのことは訊いて来たのですが」

どうも仙蔵の家の畑の植物のこととか、仙蔵に教えを受けている算勘の術にはくわしくとも、使っている女中に関しては何も知らなかったと苦笑している。

「東吾さんはおきよという女にお会いになっていますね」

「高山家へ通いで来ている女中だろう。すぐ裏の家に住んでいるそうだ」

おそらく、亭主と子供と三人暮しだろうとつけ加えた東吾に、源三郎が土瓶から新しい麦湯を注いだ。

「残念ながら、子供はいますが、亭主は居りません」

東吾の前に蕎麦が運ばれて来た。

「あの女がどうかしたのか」

「昨夜、宇兵衛が訪ねて行ったのは、そのおきよの所だったというのですよ」

裏の井戸から冷やしておいたまくわ瓜を上げて来た長助が話に加わった。

「おきよさんと申しますのは、望潮楼で女中をして居りまして、宇兵衛旦那の上の悴の吉之助さんといい仲になりましてね。幸吉坊やは吉之助さんの忘れ形見なんです」

「亭主は死んだのか」

「生きていりゃあ、おきよさんの立つ瀬もあったんでしょうが、子供が出来たというのに母親が許しませんでしてね」

宇兵衛の女房のおもとというのが、どうしても、吉之助とおきよが夫婦になるのに反対し続けた。

「そうこうしている中に、肝腎の吉之助さんが風邪をこじらしちまって、あっけなくあの世へ行っちまいまして、結局、おきよさんは子供を連れて望潮楼を出たんです」

「出雲町の家は、おきよの実家なのか」

「そうじゃございませんで、あの家は宇兵衛さんが世話をしたそうで。おきよさんの親はとっくに歿って居りまして、兄弟もいないようでございます」

姑《しゅうとめ》の反対で長男の嫁になりそびれた女と孫のために、宇兵衛はとりあえず住む家を用意してやった。

「宇兵衛旦那は孫の幸吉を大層、かわいがって居なさいましたんで……」

「すると、仕送りなんぞもしてやっていたのかな」

「女房と次男の伊之助がうるさく申すので、たいしたことは出来なかったようで、望潮楼の番頭などは、大旦那がお気の毒だと、あっしに愚痴をこぼしたことがございます」

「それで、おきよは高山仙蔵の家へ通いで奉公していたのか」

合点してから東吾は源三郎へ向き直った。

「まさか、おきよに宇兵衛殺しの疑いがかかっているわけじゃあるまいな」

源三郎が軽くまばたきをした。

「望潮楼の内儀、つまり、宇兵衛の女房のおもとの申したことなのですが、昨夜、宇兵衛はおきよの所へ行って、幸吉を連れて望潮楼へ戻ってくれと頼みに行ったというのです」

長男の吉之助が死んで、次男の伊之助夫婦には未だに子が出来ない。

「おまけに、これは長助をはじめ、深川の者は大方知っていることのようですが、おもと次男の嫁のおみつとは姑と嫁の間柄がまことによろしくない。そんなこんなで、宇兵衛はかわいい孫の幸吉を手許におきたくなったのではありませんかね」

「だからといって、おきよが宇兵衛を殺すか」

「申しわけありませんが、手前は源太郎がお世話になっているというのに、御用にかまけて高山どのとは面識がないのです。一緒に行ってもらえませんか」

おきよは通いとはいえ、高山家の奉公人であった。取調べをするについて、主人である高山仙蔵に無断でというわけには行かないと律義な源三郎は考えている。

東吾の腹ごしらえが出来たところで、男二人に長助がお供について出雲町へ向った。

高山家には誰もいなかった。

「おきよの家はこの裏なんだ」

東吾が先に立って高山家の庭のへりを廻って行くと、それらしい小さな家があって軒《のき》端《ば》に洗濯物が干してある。家の横の草むらには朝顔のような形をした淡紅色の花がいくつも咲いている。

「ひるがおですな」

源三郎が柄にもなく目を細くして東吾に教えた。

「我が家の庭にもこれが咲いていましてね。夕顔かと思ったら、源太郎がひるがおだと。大方、ここで高山どのにでも教えられたのでしょう」

みるからに好奇心の強そうな二人の老婆が近づいて来た。どうやら、おきよの家の向い側の家の住人らしい。

「おきよさんなら、お隣の先生と一緒に植木屋へ行きましたよ。坊やも連れて行ったから、その家には誰もいませんよ」

すかさず長助が訊いた。

「昨夜、おきよさんのところに年寄りが訪ねて来たのを見かけなかったかね」

老婆二人が顔を見合せ、やや年上らしいのが返事をした。

「深川の望潮楼の旦那なら訪ねて来ましたよ。おきよさんは、まだお隣から帰っていなかったからそう教えてあげたら、まっすぐお隣のほうへ行きましたけどね」

東吾がのんびりした口調でいった。

「このあたりは家が建て混んでいるから、夏なんぞは他人の家の声がよく聞えるだろう。夕涼みなんぞしていたら、聞えなくてもいい痴話喧嘩なんぞ聞かされちまって、よけいに暑くなったりするもんだ」

老婆が歯のない口で笑った。

「高山先生の声はよく聞えますよ。あちらは普段から大声だから……」

「昨夜は何か聞えたか」

「姉さん」

ともう一人の老婆が袖をひいたが、年上の老婆は話をやめなかった。

「どなってましたよ」

「誰を……」

「望潮楼の旦那です。けしからんとか、出て行け、二度と来るななんて……」

「すさまじいな。他には……」

「俺の目の黒い中は、断じて渡さんなんていってましたね」

「望潮楼のほうは何かいってたか」

「あちらさんは声が低くてね。ぶつぶついってなさったけど、結局、いいまかされたんでしょうよ。暫くしたら、先生んとこの玄関を凄い音を立てて閉めて帰って行きましたよ」

「高山先生の家から帰ったのか、おきよの家には寄らなかったのか」

「寄ったって、おきよさんは高山先生の家ですからね、まっすぐ通りへ出て行きましたよ。杖をふり廻すようにしてね」

「ほう……」

「あちらの旦那は、少しだけど足が不自由みたいで、いつも杖をついて来なさいますよ」

もう一人の老婆がいった。

「いい加減、どなられて腹が立ったんじゃありませんかね。隣の先生は元はお侍かも知れないが、御浪人さんでしょうが。大店の旦那にしたら癪《しゃく》にさわりますよ」

「そりゃあそうだな」

相槌を打ってから、別に訊ねた。

「望潮楼の旦那は、始終、来るのか」

「孫の顔をみに来るんだって、おきよさんがいってましたけど。まあ、月に一度か二度ですかね」

「おきよは旦那の来るのを喜んでいたか」

「あたし達には困るといってましたよ。昼間はお隣の先生んとこで働いてるもんで、旦那はそれを知ってるから来るのは夜でしょう。いくら死んだご亭主の父親でも、やっぱり、男と女だから……世間は何をいうか知れませんしね」

妹の婆さんが姉を突つき、

「おきよさん、帰って来たよ」

と教えたのをきっかけに婆さん姉妹は自分の家へ逃げ込み、東吾達は高山仙蔵の家へ向った。

仙蔵は七夕の笹をかついでいた。東吾が受け取って庭へ運び、改めて畝源三郎を紹介した。双方の挨拶がすんで、おきよが茶を運んで来る。

「幸吉はどうした」

と仙蔵が訊いたのは、帰って来た時、おきよが幸吉を背におぶっていたのは、どうやらねむくなっていたとみえ、

「あちらに寝かさせて頂きました」

と答えたおきよが、なんとなく不安そうに東吾と源三郎を眺めた。

東吾はともかく、源三郎は一目で定廻りの旦那とわかる風体だし、庭のすみの目立たない所には長助がひかえている。

「早速ですが、先生は昨夜、望潮楼の主人とお会いになった由」

東吾が口を切ると、仙蔵は苦笑した。

「わしがおきよと幸吉を渡さなかったと、宇兵衛がお上に訴えたのか」

「宇兵衛は昨夜、殺害されました」

おきよがあっと声を上げ、流石に仙蔵が表情をひきしめた。

「いったい、どこで……」

「西本願寺の近くの路上で、今朝方、骸《むくろ》となって居りましたとか」

仙蔵とおきよを東吾は等分に眺めた。

「昨夜、宇兵衛がこちらへ参ったのは、何刻頃だったか、おわかりになりますか」

仙蔵が違い棚の上をみた。そこにはまだ一般には珍しい和時計がおいてある。

「参ったのは戌《いぬ》の上刻（午後七時）すぎ、帰ったのは当方も逆上して居たので明らかではないが、おきよが茶をいれて来て、ふと眺めた時は五ツ（午後八時）を廻って居った」

「高山先生が逆上なさるのは珍しいですな」

「いやいや、わしは生来、怒りっぽい男じゃよ」

「立腹された理由はなんですか」

仙蔵が平手で自分の顔をつるりと撫でた。

「今にして思えば大人気ないが、宇兵衛が訪ねてきた時、わしはおきよと幸吉と一緒に飯を食って居った」

日頃、おきよは仙蔵の夕餉の仕度をし、食べ終るのを待って後片付をすませ、それから自分の家へ帰って幸吉と食事をする。

「それでは幸吉が眠くなって来るし、下手をすると飯を食わずに寝てしまう。不愍《ふびん》故、かまわぬから一緒に食って行けと勧めた。わしも一人で食うより賑やかなのも悪くはない」

昨夜も三人で膳を並べて飯を食べている所に宇兵衛が来た。

「なんと申したらよいか、いやな顔をして、おきよにすぐ家へ帰れと命じたので、わしは間もなく飯がすむ故、おきよの家へ行って待てといったところ、なにやかや、うだうだといい出して、あげくには女中奉公はよいと申したが、妾奉公に出したおぼえはないなぞと暴言を吐いた。それ故、わしも無礼者とどなった。おそらくそのあたりからこの近所の婆あどもは耳をそばだてていたであろうよ」

宇兵衛のほうも負けていないで、自分にとっては嫁と孫であるから、連れて行くとおきよの手を取ってひき立てようとし、仙蔵は宇兵衛を突きとばし、床の間から太刀を取って来た。

「場合によっては、手はみせぬぞ、と、わしとしたことが大見得を切ったものよ。流石に宇兵衛は怖れをなしたか、帰って行き居った」

照れくさそうに笑っている。

「それから、茶を飲まれたわけですか」

「幸吉が怯えて泣いて居ったので、到来物の水飴をなめさせ、飯も途中であったから、茶漬にしてかき込んだ」

「おきよが家に戻ったのは……」

「五ツ半（午後九時）でもあったかな。宇兵衛が待っているといかぬと思うてわしが家まで送って参った」

東吾が軽く頭を下げた。

「とんだことでおわずらわせ致し申しわけございません。これでお暇を申します」

源三郎をうながして玄関へ出てから、送って来たおきよに訊いた。

「宇兵衛はあんたに望潮楼へ戻ってもらいたいといいに来たらしいが、あんたのほうは戻ってもよい気があったのか」

おきよはうつむいて、かぶりを振った。

「ございません。あちらはお家の中が厄介で、幸吉のためにも決してよいことはないと存じて居ります。仕送りをして頂けなくとも、母子二人食べて行くくらいのことは出来ますので……」

「高山先生の所に奉公して居ればということか」

東吾の言葉が少々、皮肉に聞えたらしく、おきよは唇を嚙んだ。

「このようなことになって、先生が今まで通り働かせて下さるかどうかわかりませんが」

幸吉が母親を慕って奥から出て来た。不安そうに東吾達を見る。

玄関を出る時、東吾はそこに杖がたてかけてあるのに気づいた。なんの変哲もない当り前の樫の杖である。

三

畝源三郎が長助に命じて、昨夜、宇兵衛が仙蔵の家を出てからの足取りを調べさせた。

七月はじめの暑苦しい夜だったのが幸いして、かなりの人々が夕涼みに外へ出ていたらしく、長助はそれほど苦労しないで宇兵衛の帰り道を明らかにした。

出雲町の仙蔵の家を出たのが、戌の刻、夜五ツ頃（午後八時）だったのも、例の婆さん姉妹によって確認された。

まず三十間堀に沿って行き、木挽橋《こびき》を渡り、そのまま、まっすぐ行って三之橋を越え、更に直進して西本願寺の手前を北に折れている。死体が発見されたのは西本願寺の裏、松平内蔵頭《くらのかみ》の下屋敷の脇の道であった。

「どうも合点が行かねえんですが……」

望潮楼の番頭の話によると、宇兵衛は出雲町のおきよの家へ出かける時、深川から猪牙で佃島の向いにある船松町の渡し場へつけさせ、そこから徒歩ときめていた。無論、帰りは船松町まで歩いて、再び舟で深川へ戻る。

「どうして本願寺さんの手前でまがったんでござんしょう」

西本願寺の前を通り越し、本願寺橋を渡ってから左折すれば、そこは南小田原町、町屋が続き、商店が軒を並べている。町屋の切れた所で大川へ向って道を取れば、上柳原町、南飯田町、明石町、十軒町と船松町までひたすら町屋の中を抜けて行ける。

まだ夏の気配の残っている夜ではあるが、夜五ツを過ぎている。町屋には人の動きがあっても武家地はどこもしんと鎮まり返っている時刻であった。用心深い商人なら、まず、武家地は避けて行くのが常識に違いない。

実際、宇兵衛が行ったと思われる西本願寺の手前の道は片側が寺の石垣、片側は旗本の屋敷が並んでいる。夜は暗く寂しい。

もう一つ、奇妙なことがわかった。

松平内蔵頭の屋敷の東角の先、備前橋の袂《たもと》の番屋の親爺が、番屋の前を一度通りすぎた宇兵衛らしい人物が、急に後戻りして来てそのまま、松平家の塀沿いに歩いて行ったと長助に話していることであった。

つまり、番屋の親爺が見た老人が宇兵衛だったとして、その人物は一度、番屋の前を通って備前橋あたりまで行き、何かでひき返して来て再び、番屋の前を通って松平家の塀沿いに歩いて行ったので、翌朝、宇兵衛の死体が発見されたのが松平家の西角に近いところであったことから想像すると、番屋の前をひき返して行って間もなく殺害されたのではないかと思われた。

「番屋の親爺がもう少し、外に立って見送っていりゃあ、宇兵衛は提灯《ちょうちん》を持って居りましたんで、変事があったのがみえた筈なんですが、たまたま女房に呼ばれてひっ込んじまったそうでして、惜しいことをしました」

と長助から聞いて、東吾は軍艦操練所からの帰途、その場所へ行ってみた。

軍艦操練所は西本願寺の前を通り越した大川沿いにあるので、宇兵衛が殺された場所は極めて近い。

西本願寺は東側と北側が堀で区切られて居り、表門のある通りは軍艦操練所からまっすぐの道につながっている。この道も南側は掘割であった。要するに西本願寺とその北と西にある武家地はそっくり水路に囲まれた島のような地形になっている。

東吾は西本願寺の前を通り越してその西側の道へ入った。たしかに片側は寺の石垣、片側は旗本屋敷で、今は昼だが、人通りは全くない。

道のむこうに人影がみえたと思ったら、それは長助と畝源三郎で、

「やあ、東吾さんも来ましたか」

笑いながら手を上げる。そこが松平内蔵頭の下屋敷の外で、道を折れてすぐの所に宇

兵衛は死体となってころがっていたという。

道の突き当りである備前橋までは十間足らずで、番屋は橋のそばだから、長助が残念がるように、もし、番屋の親爺が外に出ていたら、凶行を目撃出来たに違いない。

「もし、そうだとしても夜の中だ。下手人の顔や姿は、はっきりはみえまいよ」

番屋の位置を眺めて東吾がいい、源三郎が、

「しかし、声ぐらいは聞えたでしょう」

といった。

「だしぬけになぐられたら、声も立てずにという場合もあるだろう」

「宇兵衛が何者かと争ったあげく殺害されたのではないということですな」

そのまま三人が歩いて備前橋へむかう。番屋の親爺は畝源三郎の姿をみて、外へ出て来た。

「どうも、どじなことで申しわけございません」

と詫びたのは、すぐ近くで凶行があったのを翌朝まで気づかなかったことで、被害者が番屋の前を通るのをみているだけに一層、すまなく感じているらしい。

「少々、訊かせてくれないか」

東吾が口を切り、親爺は不安そうな顔を上げた。

「最初に、宇兵衛と思われる人物がこの番屋の前を通ったのは、今、俺達が来た方向からやって来て備前橋へ向ったのだな」

親爺が大きく合点した。

「左様で……暑くって仕様がねえんで、ここんところに縁台を持ち出して涼んで居りましたんで……」

「どんなふうだった」

「どんなと申しましても……」

「提灯を持っていただろう」

「へえ」

「杖はついていたか」

「へえ」

そういえば、と番屋の親爺が思い出した顔になった。

「提灯を、こう高くかかげるようにしまして、左手に持った杖を顔の前へ突き出して調べるような恰好で歩いて行きましたんで……」

「杖を調べる……」

「へえ、なんとも変ったことをしながら歩いて行く人だと見送って居りました」

「そいつが後戻りして来たのだな」

「へえ、備前橋を渡る手前で急に立ち止って、それから又、こっちへ帰って来まして……」

「やっぱり、杖を調べるような恰好でか」

「いえ、その時はごく当り前に提灯をさげ、杖は左の小脇に抱えるようにしてせかせかと歩いて参りましたんで……」

「杖を小脇に抱えていたんだな」

「へえ、ちょうど嬶《かか》あが行水を使うので、目かくしの戸板をたててくれといいますんで、家へ入《へえ》りまして……」

「いいことを教えてもらったよ」

番屋の前を通って備前橋を渡った。

「時刻からいっても、今の親爺がみたのが宇兵衛に間違いねえと思うんですが、なんだって備前橋のところから後戻りをしたんでしょうかね」

首をひねった長助に東吾がいった。

「宇兵衛は自分の杖でなぐられて死んでいたといったな。その杖はどこにある」

長助に代って源三郎が答えた。

「当人の持ち物とわかりましたので、家族にひき渡しましたが……」

「そいつをみたいな」

「では、深川へ行きますか」

宇兵衛の真似をするようだがと、源三郎は船松町から猪牙を出させた。

望潮楼は深川相川町にあるので、文字通り海が見渡せるところに建っている。

店は休んでいた。

裏側の住居のほうには忌中の張り紙が出ている。が、番頭に案内されてその入口まで来ると家の中から激しい言い争いの声が聞える。番頭が慌てて家へ知らせに入り、やがて戻って来た。

「お待たせ申しました。どうぞお入り下さいまし」

格子《こうし》を開けたところに二十四、五の女が出迎えている。

「伊之助旦那のお内儀さんで……」

と長助が低声《こごえ》で教えた。

宇兵衛の次男の女房で、

「おみつと申します」

気の強そうな声で名乗った。

案内された居間では、宇兵衛の女房のおもとと倅の伊之助が神妙に挨拶したが、迷惑そうな様子がありありと見える。

「お父つぁんを殺した下手人が挙がったんでございましょうか」

上ずった声でいったのは伊之助で、源三郎が、

「それは、詮議中だが……」

と答えたとたん、わざとらしい溜息をついた。

「ところで、宇兵衛が出雲町へ出かけた夜のことだが、この家の者でそれを知っていたのは誰々か」

源三郎の穏やかな問いに、伊之助が反撥《はんぱつ》した。

「そのことなら、とっくに長助親分に申し上げましたが……」

長助がどなった。

「旦那のお調べだ。四の五のいわずにお答えしろ」

伊之助が軽く舌打ちし、おもとがいった。

「みんな知っていましたよ。なにしろ、出がけに派手な親子喧嘩をしましたからね」

「喧嘩の理由は……」

「うちの人は前から幸吉を引き取りたいっていってましたし、伊之助は反対でしたんで」

伊之助が母親を制した。

「引き取るなといったわけじゃありません。むこうはまだ五つ、もうちっと大きくなってからでもよかろうと……」

「何故、宇兵衛は早急に幸吉を手許におこうとしたのか」

おもとが苦笑して、おみつを眺めた。

「そりゃあ伊之助の嫁に子が出来ないからですよ。今のまんまじゃ、この家は絶えちまいますからね」

おみつが目を怒《いか》らせた。

「おっ母さんはいつもそういいなさるが、あたしはまだ子が産めない年じゃありませんよ」

「どんなもんかねえ。嫁《か》して三年、子なきは去るっていうものだのに、五年が過ぎても出来ないんだから……」

「あたしのせいじゃありません、どなたかさんの倅が女道楽をしすぎるから……」

「ひかえよ」

ぴしりと叱りつけたのは源三郎で、それまでの穏やかな様子に安心していたような三人が流石に、はっと改まった。

「宇兵衛が出かけた後、お前達は何をしていた」

「あたしは二階へ上って按摩をとって寝ましたよ」

おもとがまず答え、続いて伊之助が、

「手前はくさくさするので奥の部屋で少しばかり酒を飲みまして、その中に眠くなって寝てしまいました」

と頭を下げた。

「あたしは店に出ていました」

昂然と胸を張っていったのはおみつで、

「まだ、店のほうにはお客様がいなさいましたんで、そのお相手やら何やらで、こっちへ戻って来たのは、いつもと同じで……」

亥《い》の刻（午後十時）を過ぎていた筈だといった。

「もう、くたくたでしたから、すぐにやすみましたけど……」

「伊之助は寝ていたのか」

「ええ、おっ母さんのほうは知りませんよ」

「宇兵衛が帰っていないのを気にしなかったのか」

「とっくに帰っていると思いましたよ」

この住居は路地に出入口があって、店の玄関を通らなくとも外に出られるといった。

「店の者も、みんなそう思っていた筈ですよ」

朝になって、おもとが二階から下りて来て、旦那が帰って来ていないとさわぎ出した。

「うちの人が心配して、長助親分のところへ届けに行ったんです」

源三郎がちらと東吾を眺め、立ち上った。長助を殿《しんがり》にぞろぞろと入口に出る。東吾がさりげなく送って来た伊之助にいった。

「宇兵衛は、足が悪かったのか」

絶句したのに続けていった。

「杖をついていたのだろう」

「それは……昨年に軽い中風を患いましたんで、不自由というほどでもございませんが、遠くへ出かける時は杖をついて行きます」

「自分が打ち殺された、あの杖はどうした」

「親父と一緒に燃やしましたが……」

野辺送りは昨日だったといった。

「そうか。燃やしちまったか」

少しばかり惜しそうな顔をして、東吾は源三郎の後から外へ出た。

四

「東吾さんは杖にこだわっているんですね」

永代橋の袂で長助と別れ、肩を並べて橋を渡りながら源三郎がいった。

「源さんは、杖をみているのだろう」

「無論ですよ」

殺人の凶器であった。

「ごく当り前の樫の杖だったそうだな」

「どこにでも売っている奴ですよ。年をとって来て足許に自信のなくなった老人が普段、使っている……」

「高山先生の玄関にあったのと同じような杖か」

「やはり、東吾さんはあの杖をみたのですな」

まず同じような杖だといった。

「しかし、よもや高山先生が……」

「間違えて行ったのは宇兵衛じゃないかと思うんだ」

いい争いになって逆上して高山家を出る時、宇兵衛は似たような杖を、取り違えてしまった。

「見た目は同じような杖でも、使っている当人には握り勝手とか、その杖の癖のようなものがわかるんじゃないのか」

かっとして気もそぞろに歩いている中は気づかなかったが、頭から血がひいて落ちつきが戻ってみると、どうもこれは自分のではないと思う。

「宇兵衛が提灯のあかりで杖をみながら歩いていたのは、そのためだと東吾さんは考えたのですな」

「備前橋のところまで来て、やっぱり、これは自分のではないと判断する」

「ひき返しますかね」

「不快だろう。憎い男の持ち物なんぞを持って帰るのは……」

後戻りをして、誰かに会った。

「おそらく、そいつは宇兵衛の後を尾けて来たんじゃないかと思う」

「高山先生が追っかけて来たということは考えられませんか」

「無理だろうな」

五ツ半に仙蔵がおきよ母子を送って行ったのは、近所の者の目撃がある。

「それから追っかけたとしても、高山先生には宇兵衛の帰り道がわからないだろう」

「では誰です」

「出来そうな人間は一人だが、いくらなんでも親を殺すかな」

「伊之助ですか」

話しながら「かわせみ」へ来た。

「寄って行けよ。酒でも飲みながら、もう少し考えてみよう」

暖簾をくぐると、出迎えた嘉助が、

「只今、長助親分の内儀《かみ》さんが蕎麦粉を届けに来て居ります」

台所を目で指して笑った。

その声が聞えたのか、台所のほうからるいを先頭にお吉と長助の女房のおえいが出て来て、

「お帰りなさいまし」

と挨拶する。

「おえいさんに望潮楼の話を訊いていたんですよ」

るいが口火を切ったとたんにお吉がまくし立てた。

「あちらじゃ、宇兵衛さんの野辺送りがすんだばっかりだというのに、姑さんを邪魔にして向島の隠居所へ押しこめようってんだそうでございます」

おえいが困ったように弁解した。

「つまらないお喋りをして申しわけございません。ただ、おもとさんが深川中にふれ歩いているもんですから……」

東吾が笑った。

「あそこは嫁姑の仲が最悪だな」

今、源さんと行って来たばかりだというと、お吉が大きく合点した。

「お姑さんは向島へ移されるくらいなら首をくって死ぬとさわいでいるらしいですよ」

源三郎が首をかしげた。

「隠居所へ行くのが、それほど嫌ですかね」

「そりゃあそうですよ。料理屋は女主人が花形ですからね。おもとさんって人は蔵前の春秋亭って料理屋の娘で、望潮楼へ嫁に来てから、なかなかの女将《おかみ》ぶりだったっていいますもの。その役を憎い嫁に取られちまっちゃあ生きてる張合いがないってもんじゃございませんか」

お吉、とるいが制したが、こうなるとお吉の舌は止まらない。

「おもとさんがいって歩いているんですと。宇兵衛旦那が生きていたら、断じて伊之助夫婦に店をまかすことはなかったって……」

「宇兵衛は伊之助を嫌っていたのか」

東吾の視線がおえいに向いて、おえいはいよいよ小さくなった。

「すみません。よけいな話をしたと、うちの人に叱られます」

「いいんだ。俺も源さんも、そのあたりが知りたいんだ」

おえいは途方に暮れていたが、るいが傍から、

「かまわないからおっしゃいな。お役に立つことかも知れませんよ」

と、うながされて口を開いた。

「宇兵衛さんが伊之助さんを嫌う理由があるんでございます」

「理由は何だ」

「うちの人は、申し上げませんでしたでしょうか」

「いいや」

おえいが考え、小さく呟《つぶや》いた。

「ひょっとすると、知らないのかも知れません。男の人はあんまりそういう噂が耳に入らないのかも……」

うつむいたまま、はっきりいった。

「おもとさんはお若い時から芝居が好きで、上方から来た嵐伊十郎とかいうのを贔屓になすって……」

「成程……」

東吾がおえいの話を先取りした。

「伊之助は、その役者の子というわけか」

「宇兵衛旦那が、あてつけに伊之助と名前をつけたって……根も葉もない噂かも知れませんのです」

男二人がうなずき合って、おえいはやっと解放された。

もし、宇兵衛が伊之助を自分の子でないと信じているならば、決して望潮楼を継がせはしないだろうし、唯一、自分の血をひく幸吉を手許にひき取り、成人するのを待って後をやらせようと考えるのが人情であった。

「宇兵衛は今年の正月、深川八幡で延命長寿の御祈禱をしてもらっていますよ」

まだ五歳の孫が一人前になるまで、石にかじりついても長生きしてと願ってのことなら、宇兵衛の心情は哀れでもある。

「伊之助は宇兵衛を憎んでいるでしょう」

宇兵衛の目の黒い中は決して望潮楼は自分のものにならない。

「もう一度、長助に聞き込みを頼みます」

源三郎がいい、その日から長助の根気のよい探索が始まった。

その結果、目撃者が出て来た。

まず永代橋の橋番が、宇兵衛の殺された夜、暮れ六ツ半（午後七時）頃にそそくさと橋を渡って行く伊之助をみていた。

次に、おきよの家の向い側に住む婆さん姉妹が、仙蔵の家に宇兵衛が入って行った後、みかけない男がおきよの家と仙蔵の家の周辺を暫くうろうろしていたといい、極めつきは、望潮楼に品物をおさめている南小田原町の魚屋の亭主が、同夜五ツ（午後八時）前後に三之橋のところで伊之助と出会い、声をかけたが、伊之助は顔をそむけるようにして行ってしまったと申し立てた。

「あれは伊之助さんに間違いはございません。始終、顔を合せているので、見間違えるわけはねえんで……、こっちが挨拶したのに知らん顔で行っちまったのは、何か具合の悪いことでもあるのかと見送っていると本願寺さんの手前の道をまがったのが見えたんで……」

魚屋の亭主がいった伊之助のみなりも、当夜、伊之助が着ていた麻の絣柄と、ほぼ一致した。

畝源三郎の取調べに対して伊之助は頑強に否定したが、その最中に、向島の隠居所で母親のおもとが首をつって死んだと知らせが来ると、俄かに気落ちがしたらしく、宇兵衛殺しを白状した。

「宇兵衛は伊之助が子供の頃から、お前は俺の子ではないと当人の前でいい続けていたようです。父親からそのようにいわれて育った子の気持というのも不愍に思いますが……」

七夕の日。

東吾は高山仙蔵の家へ出かけて一件落着の報告をした。

仙蔵はみるからに苦そうな菜を口に運び、舌で味わいながら東吾の話を聞いている。

「母親のおもとは伊之助をかわいがっていて、それが伊之助の救いだったのでしょうが、伊之助の女房のおみつとおもとが犬猿の仲になると、おもとは嫁憎しから、伊之助にもよそよそしくなったようで、いよいよ伊之助は追いつめられたのだと思います」

あの夜、伊之助は宇兵衛の後を追って陸路を出雲町へ来た。

「宇兵衛のように猪牙を使っては、そこから足がつきます」

永代橋を渡って深川から出て来たものの、橋番はちゃんと伊之助の顔をみていた。

「この家を出た宇兵衛の後を尾けて行くと、宇兵衛は西本願寺の手前の道を入った。先生は御存じかどうか、あそこは寂しい所です」

宇兵衛が何故、その道を行ったかは、今となっては推量するしかないのだが、

「おそらく、杖に気がつきはじめたのでしょう。どうもおかしいと思案しながら、つい、道を折れて松平内蔵頭様の下屋敷の所をまがる。備前橋のところで、はっきり違うと確信して後戻りをする。尾けて来た伊之助はいきなり正面に宇兵衛の姿が現われたのでびっくり仰天したと申したそうです」

てっきり尾行に気づかれたと思ったとたんに、伊之助は宇兵衛が小脇に抱えていた杖を奪い、それで力まかせに宇兵衛をなぐりつけた。

「畝源三郎の取調べに対して伊之助は、ただもう怖いのと憎いのがないまぜになって杖をふり下したと申したとか」

仙蔵が漸く菜の吟味をやめた。

「親殺しは死罪じゃな」

「当人は親とは思っていませんが、お裁きはそうなりました」

いきなり仙蔵が細い菜の切れはしを突き出した。

「食うかね」

慌てて東吾は手をひっこめた。

「なんですか、これは……」

どうせ南蛮渡来の珍種だろうと思う。

「韮《にら》じゃよ。あんた、いい年をして韮も知らんのかね」

栽培が楽で薬用にもなるといわれて、東吾は憮然とした。

帰りがけ、玄関に樫の杖がある。

東吾の視線を受けて仙蔵がいった。

「それは、今日、買ったばかりじゃよ。人の杖もおのれの杖も見分けのつかん奴のおかげで、とんだ散財をした」

「宇兵衛がおいて行った杖はどうされました」

「気色が悪いから、赤なすびの木の突っかえ棒にしたよ」

挨拶をすませてから、東吾は路地に沿って裏へ廻った。そこは高山家の庭、つまり畑で赤い実をつけている植物の間に、樫の杖が土にささっていた。

そのむこうはおきよの家で、ひるがおの花がまだ咲いている。

幸吉の声が聞え、おきよがたたんだ洗濯物を持って庭伝いに高山仙蔵の家へ入って行く姿がみえた。

次の年の春、望潮楼は人手に渡り、おみつは実家に帰ったと長助が報告した。

おきよは相変らず高山家に奉公していて、麻太郎と源太郎の観察によると、

「先生は以前より、優しくおなりです」

ということであった。

江戸《えど》の精霊流《しょうりょうなが》し

一

大川端の旅籠「かわせみ」では、このところ女中頭のお吉とその腹心のお石がきりきり舞を続けていた。

発端はお石の他に二人いた女中の中の一人おきみというのが、突然、暇を取ったことによる。

おきみというのは今年の春、木更津から伝手《つて》を頼って「かわせみ」に奉公したばかり、正直な働き者で、お吉の教えることを素直に聞き、わからないことはお石に訊ねて、いじらしいほど一生懸命な娘であった。

一カ月ばかりで仕事にも馴れ、お吉が、

「勘のよい子なので助かりました。この分ならお石のいい妹分になりますよ」

と、るいに報告していた。

そのおきみの所へ木更津から知らせが来たのが六月のことで、母親が突然、中風の発作を起し、命はとりとめたものの、寝たきりの状態になってしまったという。

おきみの家は父親が漁師で、弟はまだ十二歳、母親の看護のためにも女手が必要で、「かわせみ」におきみを紹介した知り合いが、

「まことに何とも申しわけのないことでございますが……」

と頭を下げて暇を願いに来た。

この時代のことで、親が死のうと一たん奉公に出たからには約束の年季が終るまでは暇をやらないという雇い主もないではないが、「かわせみ」にはそうした考え方はなく、

「別に女郎に売られて来たわけではなし、当人にせっぱつまった事情のある時にはいつでもやめてかまいません」

と、奉公に来た最初からいってある。

むしろ、がっかりしてしまったのはおきみのほうで、折角、江戸にも馴れ、奉公先の勝手も飲み込んで、さあこれからと意気込んでいた矢先に故郷へ帰って病人の面倒をみろといわれて茫然としている。

「家族が助けを求めているのにこたえないのは人じゃありませんよ。お袋様が元気になったら、いつでも戻ってくればいいんだし……」

とお吉は慰めたが、病気が病気だけにおいそれと回復するとは思えない。

「かわせみ」で働いた歳月が僅かなので、当人も紹介した知人も、とても給金は頂けませんというのを、母親への見舞金という名目にして渡してやり、おきみは泣く泣く木更津へ帰った。

当然、その日から「かわせみ」は手不足になる。

「お石ちゃんが野老沢《ところざわ》のおっ母さんに、いい子がいたら寄越《よこ》してくれといってやったそうですから、暫《しば》らく、様子をみましょう。手不足でお客様に御迷惑をかけることは決して致しませんから……」

と、お吉は桂庵《けいあん》から女中を廻してもらうことを暗に拒んだ。

るいにしても、長年の宿屋商売で桂庵のような奉公人の周旋業者から来る女中があまり好ましくないのは承知している。

もともと「かわせみ」は女中に不自由したことが殆《ほと》んどなかった。

歿った父の陰徳のおかげで、開業当初からよい奉公人を世話してもらい、その女中が嫁入りなどで暇を取る時、自分の知り合いを、

「何分、よろしくお願い申します」

と連れて来るからで、そうした女中の中には気のきく子、きかない子の差はあっても、大抵、お吉が根気よく教えて、二、三年も働けば針仕事に掃除、洗濯はもとより行儀作法に至るまで、いつ嫁に行っても恥かしくないだけの娘に仕上って来る。それを見て、その子の知り合いの親なぞが是非、うちの子もお頼み申しますといった具合で、余程の

ことがない限り、桂庵に頼む必要がなかったものである。で、これまでに桂庵から廻してもらった女中がなかったわけではないが、極めて少かった。

だが、野老沢からの返事を待っている最中にもう一人のおみよという女中が暇を取らねばならなくなった。

おみよはもう三年余り「かわせみ」で働いていて、故郷の下総《しもうさ》には親の決めた嫁入り先があって、来春には「かわせみ」を暇乞《いとまご》いして下総へ戻ることになっていた。

ところがこの夏の終りに関東を襲った大雨で利根川が氾濫し、多くの村々が被害を受けたのだが、おみよが夫婦約束をしている相手の家もその折、ひどい水害に遭い、家を守っていた親兄弟が残らず流されて死亡した。

幸い、おみよの相手は水戸へ奉公に行っていて命が助かったのだが、故郷へ帰って来て我が家を建て直し、荒れた田畑をたった一人で旧に戻そうと必死になっている。

周囲がみるにみかね、せめて江戸からおみよに戻って来てもらい、祝言をさせれば力にもなり、張り合いも出来るだろうと、名主がわざわざ「かわせみ」を訪ねて来た。

事情を聞けばもっともだし、おみよにしても子供の頃から夫と決っていた人の力になりたい気持はある。

「よりによって、こちら様が人手不足でお困りの時に……」

申しわけありませんと途方に暮れているおみよに、来春までの給金をまとめて渡し、他に嫁入りの祝金やら衣類その他身の廻りの品を買い与えて「かわせみ」の人々は名主と共に旅立って行くのを見送った。

「もう仕方がありません。とりあえず桂庵から一人廻してもらいましょう」

るいが決断して、翌日、今までつき合いのあった桂庵からおつまという女中が「かわせみ」へお目見得奉公にやって来た。

つまり、一カ月は無給で働き、それで雇い主が気に入れば本奉公となるのが建前だが、この節は万事せちがらくなっていて、二、三日で気に入らなかったら帰してくれというのが桂庵のいい分である。

おつまというのは、年は二十五歳、生国は武州、多摩川のほとりの登戸《のぼりと》というところだという。

「本当は親がつけてくれた名前は川にちなんでおたまでございましたが、江戸へ奉公に参りまして、まわりがまるで猫のようだと笑いますのでおつまと呼んでもらって居ります」

と笑いながら打ちあけたように、万事にざっくばらんで人柄はよさそうにみえる。

「器量も悪くございませんのに、当人に訊いてみましたら嫁入りしたことはないとか。まあ十五の年から女中奉公をして来たといいますから、嫁入りしそびれたのかも知れませんです」

桂庵から寄越す女中はすれっからしが多く、長続きしないし、悪くすると手癖の悪い女が来たりする、と随分心配していたお吉が、そういってやや愁眉《しゅうび》を開いた。

おつまは年をとっている分、よく気がきくし、客あしらいも上手であった。無口だが愛敬は悪くなく、仕事の要領がよい。

「珍しいね。桂庵から来る女中はお喋りときまっているが、あの人はよけいな口は全くきかないね」

嘉助までが目を丸くした。

たまたま東吾は軍艦操練所の仕事で品川へ行って居り、帰りに方月館へ寄って一晩泊って来たので、合計三泊「かわせみ」を留守にしていたから、おつまという女中に会ったのは、彼女が奉公に来た二日目の夕方であった。

「かわせみ」の店の前に瓦版売りらしい男が立ち止って女中に何かいっている。東吾が近づくと会釈《えしやく》をして去って行った。

女中が東吾に注目し、暖簾を入ろうとするのに、

「お客様でしょうか」

と訊いた。その声を聞きつけて番頭の嘉助が出て来た。

「お帰りなさいまし」

とお辞儀をしてから、

「こちらは当家の御主人様だ」

と女中に教え、

「おつまと申しまして、新参の女中でございます」

と東吾に紹介した。

「申しわけございません。もしかすると、こちらの旦那様かと思ったのですけれど……」

慌てて丁寧に頭を下げるのが素朴な感じで、東吾もこれは桂庵から来た女中ではなさそうだと思った。

居間へ通って、るいが着替えさせたところに、お吉が改めておつまを挨拶に連れて来た。

「ふつつか者でございますが、何分、お頼み申します」

はっきりした声でいい、東吾がうなずくのをみて下って行った。

「いったい、誰から世話してもらったんだ。いいのがみつかってよかったじゃないか」

女中が二人やめたことは知っていたので、大方、深川の長寿庵の長助あたりが世話をしてくれたのかと訊くと、

「それが、桂庵から参りましたの」

るいがお吉と目を見合せるようにして笑う。

「桂庵も嫌ったもんじゃあないな。けっこういいのを持っているんだ」

「お気に召しましたか」

「俺はるいとお吉が気に入れば文句はないよ」

「とかなんとか……」

笑ってから、まじめに答えた。

「いい人なんですよ。正直のところ、みんなびっくりしていますの」

「長続きしてくれるとよいと思うんですけども……」

お吉がそれだけは心配という顔をした。

二

おつまが「かわせみ」へ来て十日ばかりが過ぎた。勤めぶりにかげひなたがないし、お吉にはもとより、年下のお石に対しても軽んずるということがない。

「あんな人が桂庵から来るなんて、桂庵を見直さなければいけませんね」

などと、桂庵ぎらいのお吉がいい出した頃、深川から長助が少し気の重い顔でやって来た。

「実は、こちらで働いているおつまさんのことなんですが……」

と切り出されて、嘉助は思わず、

「なにか、あの女に悪いことでもあったのかね」

と早合点したが、

「いえ、そうじゃありませんで、縁談なんです」

ちょいとぼんのくぼに手をやった。

ちょうど東吾が軍艦操練所から帰って来て、

「なんだか知らないが、奥へ来いよ」

と声をかけ、長助は裏口から廻って縁側へ来た。

そこは今年、陽よけに軒先から一間ばかり先に柱を建て、その上に葭簀《よしず》を屋根のようにかけ渡してあるので、部屋の中よりも風が通って具合がいい。

東吾も早速、縁側に出て、今年はもうこれが最後になりそうだとお吉がいうところのまくわ瓜の冷えたのを、長助にも勧めながら話を聞いた。

深川に数ある茶屋の中で、まあ格からいえば中くらいだが、なかなか繁昌している「吉川《よしかわ》」という店の主人で伊兵衛というのが、長助を訪ねて来たという。

「おつまさんはこちらへ参ります前に、吉川で働いて居りましたそうで。と申しましても店へ出ていたのではなく、隠居さんの世話をしていたとのことでございます」

伊兵衛の母親は今年七十七歳になっていて、昨年、表でころんで腰の骨を折ってからは寝たきりになり、急にぼけが進んで息子の顔もわからなくなってしまった。

「もともと気の強い、やかましやの婆さんだったんですが、身の廻りの世話をする人が何をやっても気に入らず、すぐに荒い声をたてまして、もうすぐ死ぬと思ってぞんざいにするのだろうなどと相手に絡みますそうで、女中達はもて余す、伊兵衛旦那も困り切っていなさったと聞いていました」

伊兵衛の女房はすでに他界して居り、悴夫婦は浜町で「分吉川《わけよしかわ》」という料理屋をやっている。二人の娘はとっくに各々、嫁いでいて、とても祖母の看病に来られる状態ではない。

「婆さんの面倒をみるためにやとった女中がすぐにやめてしまうんで、とうとう桂庵に頼んだら、来たのがおつまさんでして……」

東吾が合点した。

「そうか、あいつがよく尽したんだな」

千春に瓜を食べさせていたるいもうなずいた。

「おつまさんなら、その御隠居さんもお気に入ったんでしょう」

長助が苦笑した。

「いえ、隠居はぼけてますから、相変らず我儘《わがまま》のいい放題だったようですが、おつまさんは上手にあしらって面倒をみたそうで、歿るまでよく尽してくれたと伊兵衛旦那は今でも喜んでいなさいます」

「隠居は歿ったのか」

「へえ、五月なかば……十三日だったと思います。それで、おつまさんは吉川から暇を取って桂庵へ戻ったんですが……」

「わかったぞ、伊兵衛旦那がおつまを後添えにしたいといって来たんだろう」

長助が首をすくめた。

「全く、若先生はお見通しで……」

るいが顔を上げた。

「お妾さんではなくて、後添えにってことですか」

深川で名のある茶屋の主人であった。女中を女房にというのは例のないことではないが、まあ珍しい。

「伊兵衛旦那がおっしゃるには、この年だから、色恋でどうというのではない。おつまさんなら安心して家をまかせられるし、奉公人ともうまくやってくれるだろうと……」

「伊兵衛はいくつだ」

「来年、還暦で……」

「おつまは……」

「二十五でしたかしら」

るいが茶を運んで来たお吉をふりむき、お吉が慌てて頭を下げた。

「五十九と二十五じゃ、まるで父娘《おやこ》だな」

長助がとりなすようにいった。

「ですが、若先生、おつまさんの年で後添えに入るとなると、大体、そんな年の相手ってことになりがちでございます」

「出世じゃございませんか」

るいから事情を聞いていたお吉が仰天した。

「吉川のおかみさんになれるなんて、並大抵のことじゃございませんよ」

「お吉なら喜んで行くか」

東吾が笑い、お吉が手を振った。

「わたくしは別でございますが、普通の女中なら、ましておつまさんは二十五にもなっているんですから、こんないい縁談を逃《の》がすてはありませんです」

「それじゃ、当人に訊いてみるか」

 それがてっとり早いと東吾がいって、あたふたとお吉がおつまを呼びに行った。

 水仕事でもしていたらしく、おつまは手拭を手に入って来て、長助に対しても丁寧に挨拶したが、るいから事情を聞くと途方に暮れたような表情になった。

「なんですか、信じられないお話でございます」

とうつむいてしまう。

「あんた、吉川へ奉公していて伊兵衛旦那をどんなふうに思った」

東吾の言葉に、

「それは……苦労人で……よく気のつくお方だと……」

「男としては、どうだ」

「あまり考えたことがございません」

「そうだろうな」

二十五の女が、五十九の男に色気を感じるかどうかと東吾は内心で苦笑した。

「おつまさん」

傍からお吉が心配そうにいった。

「あんた、親御さんは二人とも、もういなさらないといったね」

「はい、どちらも、とうに歿りました」

「兄弟もないとか」

「だったら、よく考えてみたほうがいいと思いますよ。一年一年、年齢《とし》をとるんだし、だんだん心細くなるんじゃないかねえ」

「それは承知しています」

東吾がおつまの様子をみていった。

「とにかく考えてみるといい。先方だってすぐに返事をくれといっているわけじゃあるまい」

長助がお辞儀をした。

「その通りでございます。まして、今はこちらに奉公しているわけで……」

るいがさりげなく長助の言葉を遮った。

「もしも、おつまさんがそのつもりになったら、うちのほうはかまいませんよ。おつまさんにとっては一生の大事なんですから。自分の幸せを一番に考えて下さいね」

おつまはちょっと目を赤くし、その場の全員に深くお辞儀をして台所へ戻って行った。

「長助親分」

お吉が我がことのように真剣にいった。

「伊兵衛さんというのは、評判のいい人なんでしょうね」

長助が自信のあるうなずき方をした。

「そりゃもう、深川では悪い噂のない旦那でして……」

「世間には有徳人《うとくじん》で通っている人が、一皮むけば、とんだ性悪って例もありますからね」

「伊兵衛旦那に限って、そういうことはねえと思いますが……」

「仲人口《なこうどぐち》をきくなら、よく調べて下さいよ。なんてたって、おつまさんにとっちゃあ一生の分れ道なんだから……」

「仲人ってわけじゃございませんがね。ようございます。こうなったら、徹頭徹尾、伊兵衛旦那を洗って来まさあ」

少々、むきになった顔で長助が帰って行き、

「全くお吉と来たら、いくらおつまさんのことだからって、あんなふうにいったら、長助親分が気を悪くするじゃありませんか」

るいがお吉をたしなめた。

そんなことがあったというのに、おつまの日常はそれ以前と少しも変らなかった。

一日中、こまめに身体を動かして仕事をこなしているし、客に愛想よく返事をしているのが奥にも聞えて来る。

「もう少し考えさしてくれっていっているんですけどね」

おつまの気持を聞いてみたというお吉がるいに報告し、

「あまり、まわりがうるさくいわないほうがいいと思いますよ。当人にしてみたら迷うことも多い筈だから……」

暗に、そっとしておけと忠告された。

三

その日、東吾が久しぶりに兄の屋敷へ出かけたのは、盆の供養の日が近づいたからで、例年のことだが、通之進は御用繁多で墓参には出かけにくい。で、大抵は東吾が兄嫁の香苗と菩提寺へ出かけるのだが、今年は兄も麻太郎を伴って行くという。

「庄司家の墓参はいつにするのだ」

と兄に訊かれて、

「それは、神林家を決めてからにしますから……」

と返事をした。どっちにしても、盆の入りより前に「かわせみ」では嘉助とお吉が参詣に行き、墓の掃除をして来る習慣になっている。

兄の都合に合せて墓参の日を決めて八丁堀から大川端町へ戻って来ると、豊海橋の袂でおつまが団子売りの男と立ち話をしている。

おつまが東吾に気がつき、

「お帰りなさいまし」

と声をかけたのをきっかけに団子売りは永代橋のほうへ去って行った。

「団子を買ったのか」

と訊くと、

「いいえ」

不思議そうに首を振る。

「今の、知り合いか」

買うために呼び止めたのでもないとすると、少々、奇妙に思えた。

「以前、奉公していたお宅の御主人がお団子好きで……」

「成程、それで顔なじみだったのか」

「かわせみ」の方角へ歩き出しながら訊ねた。

「あんた、好きな男はいないのか。例えば、夫婦約束をしている男とか……」

「ございません」

返事があっさりしていた。

「ならば考えてみたほうがいいかも知れないぞ。長助が深川中をかけ廻って調べているが、伊兵衛にも吉川って店にも悪い評判はない。たしかに若いあんたから見れば、色男でもなし、年もとっている。あんまりぞっとしないだろうが、人間誰しもすみやかに年をとるものでね」

おつまが小さく笑い出した。

「申しわけございません。でも、あたしは若先生がおっしゃるようなことは考えてもみませんでした。今度の縁談《おはなし》はもったいないような、あたしには分不相応なのでございます。有難いことだと思って居ります」

「ほう」

「お吉さんがおっしゃるように、これを逃がしたら、二度とこんな良いお話はないと自分でもわかっています」

「すると、嫁に行く気はあるのか」

「はい、ただ、あたしのようなものにつとまるかどうか心配で……」

「それはいろいろあるだろうが、少しずつ馴れて行くものだ。あんたならやれると、うちの内儀さんもいっているよ」

「ありがとう存じます。ただ、こちら様のお店も人手不足の折で……」

「そんな斟酌《しんしゃく》は要らないよ。その気があるのなら先方にそういってやって、話を進めたほうがいい」

「はい……」

心細げな顔で東吾を仰いだ。

「申しわけありませんが、もう少しだけ考えさせて下さい。ふんぎりが悪くてあいすみませんが……」

ちょうど「かわせみ」の前へ来ていた。おつまは裏口へかけて行き、東吾はいつものように暖簾を分けて、嘉助の出迎えを受けた。

四

七月十三日、江戸は諸方に草市《くさいち》が立った。

草市は盆市ともいい、盆祭に必要な品々を売る。

主な草市といえば、浅草駒形、門跡前、茅町、筋違《すじかい》広小路、麹町、両国広小路、日本橋南北、人形町、深川森下町、本所中之郷などだったが、この節は更に増えた。

ちなみに、どういうわけか新吉原の廓内の仲の町と深川櫓下《やぐらした》の二カ所だけは十二日の夜に草市が立つことになっていた。

「かわせみ」では十三日の朝、嘉助が店の若い衆をお供にして日本橋の草市へ行き、真《ま》菰《こも》で編んだ盆《ぼん》茣蓙《ござ》をはじめ、同じく真菰で作った小さな牛や馬、茅《ちがや》の縄、苧殻《おがら》、籬垣《ませがき》、笹竹、それに蒲《がま》の穂、蓮の葉、ほおずき、さまざまの野の草などを買って来る。

これらは毎年、必ず新しいものを用意するのは、その年、盆棚に供えた後は或るものは燃し、或るものは川へ流してしまうからであった。

東吾はその日、るいと千春を伴って兄の屋敷へ行き、兄夫婦と麻太郎と共に谷中の経王寺で墓参をすませ、それから親娘三人だけで庄司家の菩提寺、浅草の浄念寺へ行った。

帰って来ると居間にはもう嘉助が盆棚を造り、四隅に青竹をたてて茅の縄をめぐらし、お吉が香炉や燈明を並べて、あとはるいが両親の位牌を飾ればよいだけにして待っていた。

「はい、牛と馬は千春嬢様がお供え下さい」

いつものように真菰で作られた牛と馬をお吉が千春に渡し、それを棚にのせるのを嘉助が手伝った。

るいは縁側の桶に入っている草花をみつくろって花壺に挿す。

「まあ、こんなものにまでお銭《あし》を頂くなんて、ちょいと田舎へ行けば、いくらでも野っ原に生えているものじゃございませんか」

お吉が毎年、同じ文句をいうのは、盆飾り用の草花として売っているのが、何故か猫じゃらしや尾花の若い穂だの、柿や栗の葉つきの枝だので、赤いほおずきの実のついた枝がまじっていなければ、江戸川あたりの土手からひき抜いて来たと思われかねない代物だからである。

やがて夕方、庭でるいがお吉と一緒に苧殻を焚いて、「かわせみ」の奉公人はみな集って合掌した。

盆燈籠《ぼんどうろう》や盆提灯にも火が点《とも》されて、なにがなしにもの悲しい雰囲気になる。

急におつまが袂で顔をかくすようにして庭から出て行った。驚いて様子をみに行ったお石が、

「昔、自分の家でお父つぁん、おっ母さんや兄弟と迎え火を焚いたのを思い出したんだそうです」

と告げた。

「あの人、親兄弟のお墓まいりに行かせてあげましょうか」

るいがいい出したのは、生まれ故郷の登戸へおつまがもう十年も帰っていないと聞いていたので、

「伊兵衛さんとのことも、お墓に相談して来たらと思うんですよ」

と東吾にいう。別に東吾にも異存はなく、るいの思いやりはお吉からおつまに伝えられ、翌日、おつまは暇をもらって登戸へ出かけて行った。

三日間の盆の間は、よくよくの事情でもないと旅で迎える人は少くて「かわせみ」も開店休業といった有様で、十四日は奉公人の大方が許しをもらって交替で買い物に出かけたり、寄席へ行ったりしている。

軍艦操練所は別に盆だからといって休みではないから東吾はいつものように出仕し、るいは千春とお石をつれて、佃島の盆踊りを見物に出かけた。

前々から長助に誘われていたもので、佃島では住む者の大方が門徒衆で、盆の間は老人が先に立って鉦《かね》を打ち、念仏を唱えて島中をねり歩く。

「盆唄も踊りも他とはちょいと違って居りまして、なかなか風情がございます」

昨年、初めて見物して驚いたと長助が話し、

「もし、千春嬢様をお連れになるなら、あっしがお供を致します」

といわれて、るいの気持が動いた。

千春を連れて行くこともだが、ここ数カ月、人手不足で二人前、三人前の仕事を嫌な顔もせず懸命にやりこなして来たお石をこんな時こそ外へ遊びに出してやりたいと思ったからである。お吉に話すと、

「是非、お供をさせてやって下さいまし。お留守はあたしと番頭さんで充分ですから」

と大喜びしている。

時刻をみはからって長助が迎えに来て、豊海橋の袂から舟で佃島に渡った。島中が唄と踊りで沸き立っている。

佃八幡におまいりをし、踊りを見物してから舟で浅草へ出た。

以前、東吾と来たことのある鰻屋へ遠慮する長助を無理に誘って、昼餉《ひるげ》にした。

ついでに浅草寺へ参詣して本堂から下りて来ると、淡島《あわしま》神社のむこうで独楽《こま》廻しが始まっている。それを見物して茶店で一休みしていると奥の芝居小屋のほうから派手な口上が聞えて来た。

「ちっと面白い見世物をやっていますんで、あっしが千春嬢様とお石さんを案内して参《め》えります。御新造様はこちらでお待ちなすっていて下せえ」

気をきかせて長助がいい、千春とお石を連れて行った。

茶店の女中に訊いてみると、鞠《まり》と徳利を手玉に取ったり、鎌を投げ、宙で豆を切ったりする曲芸をやっているという。

なにしろ、浅草寺は寺領五百石の大寺院で境内はむやみと広い。

暫く待っていて、るいは茶代をおき、店を出た。淡島神社に参詣して来ようと思ったからだが、細い流れに沿って行くと、むこうのほうから男女がもつれ合うようにして歩いて来るのが目に入った。

はっとしたのは、女がおつまだったからで、慌てて石燈籠の脇に身をひそめたのは、二人の様子があまりにもみだりがましかったせいである。

女はまるで酒に酔ったような恰好で男にすがりついているし、男は女の腰に手を廻している。どちらも顔を寄せ合い、何やらふざけ合いながら本堂のほうへ向っていた。

その姿が遠くなってから、るいはなんとなく二人の来た方角へ行ってみた。

そこは出会い茶屋が並んでいた。男と女が人目を避けるように、或いは白昼堂々、肩を抱き合って入って行く。

るいは目をそむけ、淡島神社のほうへ戻った。参詣をすませて来ると、

「お母様」

千春の声がして、顔中汗だらけの長助がお石と千春を先に立てて帰って来た。

千春は人形芝居が面白かったといい、お石は出刃打ちが凄かったと真っ赤な顔でいう。

ぞろぞろと門前町まで出て、千春とお石に髪飾りや巾着を買い、長助の家への手土産とお吉や嘉助へ大仏餅だの羽二重団子などを買って舟で大川端へ帰った。

浅草寺で男と一緒のおつまをみたことを、るいは誰にもいわなかった。一つには、あれは自分の見間違いではないかと思う気持が強くなっていたからである。

それほど、今日見たおつまはおつまらしくなかった。るいの知っているおつまとは表情もそぶりも別人であった。

第一、おつまは登戸の在へ墓まいりに行っている筈である。

登戸は多摩川のほとりで調布の近くと聞いているから、まず女の足では日帰りとなる

とかなりの強行軍になる。帰りが夜になって間違いでもあってはならないと、もし、登戸に知り合いでもあるなら泊めてもらってはとお吉がいったところ、お寺さんに厄介になりますという返事だったそうだから、明日は帰って来る。その時のおつまの様子をみれば、浅草寺でみかけたのがおつまか否かは自ずと判断がつくのではないかと思い、るいは軽はずみに口外するまいと心に決めた。

この夜、東吾の帰りは遅かった。

軍艦操練所の上司でこの春に他界した人の新盆《にいぼん》の供養に招かれていたからで、戻って来た時は珍しく少々、酔っていた。

明日はやはり軍艦操練所の教官の一人の一周忌をかねた法要があるので、湯島の近くまで行くのだという。

汗を流して早々に布団に横になった東吾に、るいはやはり、おつまの件を話せなかった。

五

十五日の夜、東吾はかなり更けてから和泉橋を渡って向柳原へ出た。

一緒に法要に参列した同僚の一人がこのところ体調を崩していたせいか、悪酔いしてしまい、やむなく和泉橋の近くの屋敷まで送り届けたからで、東吾自身も二日続きのつきあいに疲れていた。

折柄、十五夜だが空には雲が多い。それでも提灯がなくても歩ける程度の明るさはある。

だが、東吾は提灯をつけていた。

柳原の堤は八代将軍吉宗の指示によって植えられたという柳がこの季節、葉が茂って如何《いか》にも重たそうにみえる。

その一本の根本のほうで何か光るものが目に止って、東吾は立ち止った。

やれやれと思ったのは、そこで男と女が抱き合っていたからで、光ってみえたのは女の髪に挿してあった銀かんざしに月光が反射したものらしい。

柳原堤は夜鷹と呼ばれる私娼の稼ぎ場所であった。堤に草が茂って恰好の目かくしになるところだが、この堤の草は近くの大名や旗本が馬の飼料として時折、刈り取ることになっている。

おそらく、盆に入る前にその刈り取りが終ったところでもあろうか、堤は丸坊主になっていて月の夜だけになんとも具合が悪い。

もっとも情痴にふけっている男女にとっては人目を気にする余裕もないのだろうと東吾は通り過ぎようとした時、むこうから手に手に燈籠を持った人々が口々に声明《しょうみょう》をとなえながら神田川へ向って来た。

それに驚いたのか抱き合っていた男女が起き上り、身じまいを直しながら東吾のほうへ逃げ出して来た。二人とも燈籠を持った集団のほうを気にしていて、東吾にはうっかりしたらしい。

提灯のあかりに女があっと声を上げ、それで東吾は女の顔を見た。

女がおつまだとわかるまでには少々の時間がかかった。

「若先生」

おつまが吐息のように口走って、男のほうは清水山の方角へ逃げた。

「辰吉さん」

とおつまは呼んだが、追いはしなかった。足に根が生えたように立ちすくんでいる。

やむなく、東吾が近づいた。

「お前、登戸へ行ったんじゃあなかったのか」

墓まいりをすませて帰って来たのかとも思ったが、

「行っても、お墓がないんです」

おつまの返事が東吾の考えを消した。

「墓がない」

「十年前の大嵐で川があふれて……お寺ごと流れちまったんですよ」

お墓どころか、あたしのお父つぁんもおっ母さんも弟も、と唱《うた》うようにつけ加えた。

「遺体なんぞはみつからなかったのか」

「三人ともです。なにしろ、村の半分が流されて、あとかたもなくなったんです」

「十年前か」

大雨の年だったと東吾は思い出していた。

嵐が何度も襲って来て、江戸でも大川の水位が上り、「かわせみ」の庭が水びたしになったことがある。

「それじゃあ、どうして……」

るいが墓まいりに行って来いと勧めた時に、そのことをいわなかったのかと問いかけて、東吾は黙った。

おつまには、墓まいりよりも行きたい所があった。

「今の男、なんだ」

辰吉さんとおつまが呼んだところをみると、柳原堤で夜鷹の真似をしていたのではなさそうであった。

「なんていったらいいのか……」

おつまが困った顔をした。

「要するに情夫《いろ》か」

「みたいなものですかねえ」

投げやりな調子ではなかった。辰吉のことをどう説明してよいか途方に暮れているといった感じである。

「夫婦《めおと》約束でもしているのか」

「あの人は、女房は持ちたくないっていうんです。足手まといになるから……」

「何をしているんだ」

「いろいろです。物売りとか。もう少し長続きするといいんですけど、すぐいやになって……」

「物売りというと……いつかの団子売りか」

おつまと立ち話をしていた男であった。

「ええ、瓦版売りもしてました」

東吾がはじめて「かわせみ」の前でおつまに会った時、たしかに瓦版売りがおつまのそばにいた。

「ああして、お前の奉公先へやって来るのか」

「あたしのほうは動けませんから、頼んで来てもらうんです」

「なんのために……」

「顔をみないと心配ですから……」

「惚れているのか」

「ええ」

「むこうは……」

「多分、辰吉さんにとって、あたしは便利重宝な女なんだろうと思います」

「何年、つき合っている」

おつまが空を仰いだ。月が雲から出ている。

「かれこれ、六、七年になりますか」

「そんなに長く続いているのに、むこうはあんたを女房にする気がないのか」

「ありません」

きっぱりしている声が寂しげだった。

「そいつは考えたほうがいいぞ」

無駄とは思いながらいってみた。

「おそらく、あんたはあいつに金も貢いでいるんだろう。あいつはあんたを馬鹿にしている。自分に惚れているのをいいことに、あんたを食いものにしているだけだ。あんたはそれに気がついているのに、どうして別れない。あいつがあんたにつきまとっているのか。それとも脅《おど》されて……」

「そうじゃあないんです」

困り切った様子であった。

「あの人はあたしがどこへ行こうが探そうともしません。二年前にあたし川越のほうに奉公に行って、思い切って半年、居場所を知らせなかったんです。あの人は桂庵へあたしの行方を聞きにも行かなかったんです」

結局、江戸へ戻って来て、おつまが辰吉を探したのだといった。

「馬鹿みたいですけど、どうしてもそうなってしまうんです」

神田川のほうで称名が盛んに聞えた。

「精霊流しをしてなさるんですね」

ぽつんとおつまが呟いた。

「あの世からお盆で帰って来た人の魂を、また、あの世へ送っているんですねえ。あたしが死んだら、誰がお盆に呼んでくれるんでしょう。誰も呼んでくれる人のない魂は地獄の釜の底に取り残されて、さぞかし寂しいだろうと思います」

風が吹いて、東吾は提灯を体のかげにかばった。

「そう思うなら、深川へ嫁入りしたらどうなんだ」

おつまが首をすくめた。

「それを考えたんですけどね、結局、同じでした」

伊兵衛旦那は来年、還暦だといった。

「もう、子供は出来ませんし、あたしよりも伊兵衛旦那が長生きするとは思えませんもの」

しかし、伊兵衛には悴と娘がいる。伊兵衛と夫婦になれば、その子供達にとっておつまは義理の母親になるのではないかといいかけて、東吾は黙った。

すでに成人して一家をかまえている義理の子が、父親の死後、義理の母をうとんずることはあっても、生母同様に迎え火や送り火を焚く可能性は少い。

「御親切にいって下さったのに申しわけありませんけど……」

おつまが歩き出したので、東吾は慌てた。

「お前、かわせみへは帰らないのか」

ふりむいた女の顔が泣き出しそうであった。

「こんな所で若先生にみつからなかったら……。せめて、代りの女中が来るまで働かせて頂こうと思ってたんですけど」

深く腰を折って頭を下げた。

「あたしのような女でも、恥かしいってことくらいはわかります。お暇申します」

くるりと背をむけると、さっさと和泉橋を渡って行った。

反射的に追いかけて、東吾は神田川を流れて行く無数の精霊舟をみた。

水面《みなも》に灯を映しながら、精霊舟はゆらゆらと川下へ動いて行く。


おつまの身の廻りの品は、桂庵から若い衆が取りに来た。

東吾から事情を聞いていたるいは一カ月分の給金にみ合うだけのものを包んで渡したが、若い衆の話では、おつまは桂庵をやめて行ったという。

「この荷物は、こちらさんのお邪魔になるから取って来て適当にしてくれと頼まれたもんですから……」

金の包を返して、若い衆は、

「御入用なら、他の女中をよこしましょうか」

と訊いたが、それはお吉が断った。

長助が小梅村の百姓の娘を「かわせみ」へ女中として世話してくれたのは、その翌日のこと。月末には野老沢からお石の村の娘が奉公に来て、「かわせみ」の女中不足は一応、解消した。

亥《い》の子《こ》まつり

一

十月最初の亥の日に、「かわせみ」ではるいがお吉をお供に上野の摩利支天《まりしてん》様へ参詣に出かけた。

俗に開運の摩利支天で知られているが、正しくは徳大寺で、ここの門前市の賑わいは江戸でも評判であった。とりわけ、十月初亥の日は玄猪《げんちょ》祭と呼ばれ、終日、信徒が木剣の加持《かじ》、護摩《ごま》祈禱《きとう》を受けにやって来る。

寺ではくちなしの実で染めた黄飯《おうはん》をくばり、それを頂くと運が開け、また冬中、風邪をひかないなどと信じられている。

「わたくしどもでは、毎年、宗太郎先生から頂戴するお薬のおかげで誰もひどい風邪をひくことはございませんが、やはり、昔から良いというものは、なるべく千春嬢様にも若先生にもさし上げておいたほうがようございます」

とお吉が力説し、いつもこの古い忠義者に優しい東吾が、

「天気でも悪くなかったら行って来いよ。お吉も年なんだ。年寄りの信心にはつき合ってやるものだよ」

あまり気の進まない顔の女房に耳打ちした。

「本当に、お吉と来たら鰯《いわし》の頭も信心からの口《くち》なんですから、つき合っていたらきりがありませんでしょう」

といいながら、るいも心中、玄猪祭の黄飯を食べさせなかったばっかりに、この冬、お吉や嘉助が重症の風邪にでもかかったりしては一大事という気持があって、結局、女中頭のいいなりに身仕度をした。

泊り客がすべて出立したり、外出したりした後に、留守を老番頭の嘉助と女中のお石に托し、千春を伴《つ》れて豊海橋の袂から屋根舟に乗った。

幸いの上天気で、大川の上には冬とも思えない陽ざしがふり注いでいる。

大川を柳橋から神田川へ入り、和泉橋の袂で舟を下りた。神田佐久間町と松永町の間を行くと御徒《おかち》町通りへ出る。

名前のように、この道の両側はすべて御徒と呼ばれる階級の武士達の住居が密集している。そうした家の子弟だろうか、木刀に猪の絵のついた護符《ごふ》を巻きつけたのを持って、むこうから歩いて来るのは、摩利支天様で加持を受けて来たのに違いない。

「御新造様にうかがいますですけど……」

じろじろと、それを眺めていたお吉がそっと訊いた。

「摩利支天様のお符《ふだ》に、なんで猪の絵が描いてあるんですか」

思わず、るいが笑い出した。

「いやだ、お吉はそんなことも知らなかったの」

「知らなくて申しわけございませんが、存じません」

「徳大寺さんへ行ったら、よく摩利支天様の御像を拝んでごらん。ちゃんと猪にお乗りになっているから……」

「摩利支天様が猪に乗ってらっしゃるので……」

「他にも見たことがあるでしょう。普賢《ふげん》菩薩様が象にお乗りになっているのとか……つまり、猪は摩利支天様の眷属《けんぞく》なのよ」

「そうしますと、お稲荷さんの狐のように……」

「大威徳天《だいいとくてん》様は水牛にお乗りになっているでしょう」

「お稲荷さんが狐に乗っているお姿というのは見たことがございませんが……」

「そんなこと……帰ったら旦那様に聞いてごらんなさい」

加藤出羽守の上屋敷の前を左へ折れて、中御徒町の通りに出ると人出が急に増えた。

もっともこの道から入って行くと摩利支天様の境内の裏側に出るので、徳大寺の表門は下谷広小路側で、そちらは賑やかな門前町になっている。

本堂前は押すな押すなの行列で、参詣をすませ、黄飯を頂いてから門前町側へ出て少々の買い物をし、茶店で休んで再び神田川へ出、待たせておいた舟で大川端町へ帰って来た。

その二日後、

「ちょいといい蕎麦粉が入りましたんで……」

と深川長寿庵の長助が「かわせみ」へ顔を出した時、折よく東吾は軍艦操練所から帰って着替えをすませたところであった。

「ちょうどよかった。手間はとらせないから、ちょっとこっちへ来てもらってくれ」

と東吾がお吉にいい、すぐに長助が遠慮そうに、しかし、いそいそと廊下をやって来た。

居間には例年通り、玄猪祭の日から炬燵《こたつ》が出ていて、新しい縞の炬燵布団が冬の到来を感じさせる。だが、今日はこの季節にしては珍しいほどの陽気で誰も炬燵に膝を入れる者がない。

「早速にお礼にうかがわなけりゃあならねえところを、遅くなりまして申しわけございません」

と長助がるいに挨拶したのは一昨日の玄猪祭に「かわせみ」から毎年、

「珍しくもありませんが、縁起物なので……」

と長助の家にも届けられているぼた餅の礼で、江戸では十月の初亥の日に「御亥《おい》の子《こ》」と称してぼた餅を作り、それを親類や知人に贈る習慣がある。

「かわせみ」でも、板前と女中達が丁寧に作り上げたぼた餅を八丁堀の神林家と畝家、それに本所の麻生家へ届けるついでに必ず、長寿庵にも持って行くようになったのは、なんといっても忙しい蕎麦屋のことで、なかなかぼた餅までは手が廻らなかろうと思いやってのことであった。

「お礼をいうのはうちのほうこそなんですよ。いつもいつも上等の蕎麦粉を頂いて、海老で鯛を釣ってるみたいですみません」

るいがいい、東吾が風呂敷包から一冊の絵本を取り出した。絵本といってもそれはなかなか上質のもので一目で外国から入って来たと知れる。

「軍艦操練所へ出入りしている横浜の書物屋《ほんや》が持って来たんだ」

色刷りで、さまざまの帆船が描かれている。

「長吉も船が大好きだというから、麻太郎と源太郎に買うついでに、もう一冊買って来た。渡してやってくれ。船の説明は今度、俺が長助のところへ行った時に話してやるから」

「そんな立派なものを……」

長助が慌てて手を振った。

「蕎麦屋の倅が頂けるものじゃございません」

「なにをいってる。これからの御時世は蕎麦屋だろうと植木屋だろうと、当人にその気がありゃあ、好きなことが学べる世の中になるんだ。長吉はきっと喜ぶと思うよ」

「そりゃあもう……あいつは果報者でござんす」

絵本を押し頂き、声をつまらせた長助の感傷を吹きとばしたのは、茶と団子を運んで来たお吉の大声であった。

「まあ世の中、信心が裏目《うらめ》に出るなんて、そんな神も仏もないようなことが起るもんなんですかね」

慌てて涙を拭いた長助を尻目に、東吾とるいへ向ってまくし立てた。

「御十夜《おじゅうや》念仏に出かけてぽっくり逝っちまうなんて、御当人は極楽往生かも知れませんけど、一緒に行った連中はたまりませんよ」

東吾がいつもの調子ですぐに応じた。

「どこの話だ」

「あら、長助親分、まだ、お話ししてなかったんですか」

長助が絵本を懐中にしまってむき直った。

「いえ、たいした話じゃございませんので」

「だって、長助親分はそのために品川まで行ったんでしょう」

「それはその同じ町内に住む婆さんのことですし、なにか間違いがあっちゃいけねえと思ったもんですから、念のため……」

「まさか、殺しじゃなかったんだろうな」

東吾が膝を進め、長助がぼんのくぼに手をやった。

「まず、その心配《しんぺえ》はねえように思いますんですが……」

深川佐賀町の裏店《うらだな》においのという今年五十歳になる老女が一人暮しをしていた。

「おいのさんは亥年の生まれでございまして、亥の子の行事には熱心で……」

親の代からの宗旨が浄土宗なので、初冬に催される十夜法要には必ず寺へでかけて念仏を欠かさなかった。

十夜法要というのは、本質的には亥の子まつりと同じく、今年の新米の出来を祝い、冬への備えをするもので、浄土宗では十月五日の夜から十五日の朝までの十日十夜、念仏を唱え続けると、仏の国での千年間の善根を積むのにまさるといい、寺々では盛大な念仏法要が行われる。

「品川の願行寺《がんぎょうじ》って寺なんですが、そこでは十四日に十夜の双盤《そうばん》念仏と申しますのを行っていまして……」

双盤鉦《そうばんしょう》という大きな鉦を打ち鳴らして念仏を唱えるのだが、それが独得の音楽になっていて、いってみれば民俗芸能のようなものながら、信者には大変な人気があった。

「実を申しますと、深川の霊巌寺さんでも同じ法要を致しますんで、これまでおいのさんはそっちに出かけて居りました。ただ、ああいった一年に一度の大法要ともなりますと、本堂に上って双盤念仏を目《ま》のあたりにすることが出来ますのは、日頃からの大檀那の方々に限られて居りまして、下々《しもじも》の者は遠くから見物と申しますか、おまいりをするのが当り前でございます」

おいのの口ぐせはせめて一度でいいから、本堂に上って、じかに双盤念仏を見届けたいというもので、たまたま、それが富岡八幡の門前町にある料理屋、富士見屋の内儀の耳に入った。

「と申しますのは、おいのさんは通いで富士見屋の下働きに行って居りますので……富士見屋のお内儀《かみ》さんの実家は品川の大地主で願行寺の檀家だそうで、そういうことなら実家の兄さんに頼んで、おいのさんの願いをかなえてあげようという話になりました」

無論、おいのは大喜びで、十四日早朝に深川を発《た》って富士見屋の内儀の一行と共に品川の願行寺へ出かけて行った。

知らせが来たのが、その夕方のことで、双盤念仏の最中に、おいのが急にいけなくなったと聞いて、長屋中が大さわぎになった。

「とりあえず、あっしが品川へかけつけましたんで……」

聞いていたるいがすぐにいった。

「その、おいのさんって方、御家族はどなたもいらっしゃらなかったんですか」

長助が再び、ぼんのくぼに手をやった。

「悴が二人居りまして……、母親と一緒に暮していたのは弟の伊吉って奴なんですが、こいつが腕のいい宮大工でして、しょっちゅう遠くのお宮だのお寺だのから仕事が来まして仲間と一緒に出かけますんで、今は水戸の近くの寺へ行って居ります」

「兄のほうはどうした」

口をはさんだのは東吾で、

「そいつが母親と住んでいないというのは、もう所帯を持って別居したのか」

と訊いた。

「いえ、貞吉は独り者でして、五年程前から海辺大工町の長屋で暮して居ります」

「そいつも宮大工か」

「いえ、貞吉はごく当り前の……まだ親方の下で働く叩き大工でして、ですが、昨日、品川から知らせが参りました時、家に居りませんで、親方の所へ訊いてもどこへ行ったかわからねえということでして、とりあえず、あっしが……」

東吾が長助の目の中を覗くような表情をみせた。

「つまり、病死じゃねえ場合もあると長助は考えたんだな」

長助が苦笑まじりに合点した。

「おいのさんは出かける時までは、大層、元気だったといいますし、それに、二、三……」

「なんだ。長助の気になったことは……」

「前日まで貞吉がついて行くはずだったそうでして……それが、急用が出来たからと……」

「うむ」

「親方に聞いてみたんですが、別に急な仕事が入ったてえことはないようです」

「他には……」

「こいつは、うちのお袋が耳にしたんですが、貞吉がおいのさんを富士見屋まで送って行く時に、薬は持ったかと訊いたそうでございます。おいのさんは今年になってから息切れがひどいので、人から貰った薬を飲んでいると聞いていたお袋はてっきりそれだと思ったそうですが」

「おいのは薬を持って出たのか」

「持たねえといったんで……それなのに、貞吉はああそうかといったきり、結局、おいのさんは薬を持たずに出かけたと申します」

無論、それだけのことで、おいのの死をおかしいと思ったわけではないが、長年、さまざまの事件にかかわり合って来た長助は、本能的に不安を感じて品川へかけつけて行ったらしい。

「品川の願行寺にはすでに医者が来て居りまして、これはだいぶ前から心の臓が弱っていて、それが急に停《と》まったんだということです」

長助が自分の膝小僧を両手で握りしめるようにした。

「もしも、おいのさんにそうした病があって薬を飲んでいたとして、品川まで遠出をするのに、その薬を持たなかった。貞吉はそれを知ったのに、持たせようとしなかったのはなんでだろうと気になります」

たしかにおいのが品川へ薬を持って行き、苦しくなった時にそれを飲めば、或いは助かったかも知れないと考えると、貞吉の行動が不自然に見えないこともない。

「こいつは源さんの耳にも入れておいたほうがいいぞ。俺は本所へ行って、宗太郎にそういう薬のことを聞いてみる」

東吾が立ち上り、長助が恐縮した。

「とんでもねえことです。あっしがつまらねえことにこだわったせいで……第一、死んだのはその日暮しの婆さんなんです」

るいが長助の遠慮を軽くたしなめた。

「親分らしくもない。その日暮しであろうと、大金持であろうと、人の命の重さは同じだと、いつも宗太郎先生がおっしゃっているじゃありませんか」

長助がとび上るようにして出て行き、東吾は大小を腰に、着流しのまま大川端を出た。

本所の麻生家には薬種問屋千種屋の手代が来ていたが、用件はもう済んだとみえ、東吾に挨拶をして帰って行った。

「薬というのも、なかなか厄介な代物なのですよ」

千種屋が持って来た薬の包を丁寧に分けながら、宗太郎が苦笑した。

「よく、毒にも薬にもならないなぞといいますがね。効力のある薬ほど使い方一つで毒にもなる。逆にいえば怖ろしい毒物でも、使い方では薬になるのです」

おいのが飲んでいた薬が何かわからないが、

「発作が起った時、その薬を飲めば必ずおさまる、つまり、死を免《まぬ》がれるというような薬はまず今のところ、ないでしょう。第一、ひとくちに心臓の病といっても、その原因は千差万別で、我々、医者にもわからないことだらけなのですよ」

第一、心臓は生命の源であり、如何《いか》なる病気であっても、死ぬ時は心臓が停まる。

「要するに心臓が停まって、はじめて死と認定されるのです」

そのために、今までに用いられている心臓の薬というのは、洋の東西を問わず効力のあるものほど毒性と隣合せで、扱いは慎重にしなければならないと宗太郎の説明をなかばまで聞いて東吾は手を振った。

「有難い講釈はそこまでにしてくれ。もし、おいのの飲んでいた薬を持ってくれば、どういうものかわかるだろうな」

「少くとも、東吾さんよりは遥かにわかります」

「名医もあてにならないな」

ぶつぶついいながら麻生家をでて、深川まで戻って来ると佐賀町の番屋のところに畝源三郎と長助が立っていて、こっちを眺めている。

「宗太郎の奴、薬を持って来ないとなんともいえないなんぞとぬかしやがってさ」

近づいて報告した東吾に、源三郎が応じた。

「薬は押えましたよ」

「なんだと……」

「貞吉が母親の家から持ち出して捨てようとしたのを、長助のお袋さんがみつけましてね」

大声で孫を呼んだので、長寿庵の店の者が総出でとび出して行き、貞吉の手から奪い取った。

「これから長助が麻生様へ持って行って宗太郎どのにみて頂こうと思います」

貞吉のほうはひき立てられて番屋の中にいるといった。

長助が本所へ向い、東吾は源三郎と共に番屋へ入った。

貞吉というのは小肥りの男で、二十五にしては老けた感じがする。ひどい衝撃を受けたようで、顔は青ざめ、表情はひきつっていた。

「お前、なんで、お袋の薬を捨てようとしたんだ」

東吾が声をかけ、貞吉は激しく慄えたが、返事はしなかった。

「それじゃ、あの薬はどこの医者から貰ったんだ」

重ねて訊かれて小さく答えた。

「医者じゃございません」

「薬屋か」

「いえ」

「しかと返事をしろよ。下手にかくしだてすると、貴様、親殺しの嫌疑がかかるぞ」

貞吉の顔色が紙のように白くなった。

「あっしにくれたのは、八文屋《はちもん》の女中で……」

「八文屋だと……」

「一膳飯屋です」

傍から源三郎が教えた。

「万年橋の近くにありまして……」

貞吉の暮す海辺大工町であった。

「女中の名は……」

いささか気勢をそがれた感じで東吾が続け、貞吉は、

「おきみです」

と答え、すぐに、

「おきみさんも客からもらったっていいました」

とつけ加えた。

「俺が、お袋が息切れがして困っているといったら、おきみさんの母親もそうで、そのことを客に話したら、いい薬だといってくれたんだそうです」

源三郎がさりげなく東吾に代った。

「お前は最初、母親について品川の願行寺へ行くつもりで親方から一日暇をもらったとのことだが、何故、ついて行かなかった」

貞吉がうつむき、やはり蚊の啼くような声で返事をした。

「富士見屋さんのお内儀さんも一緒で、お供の衆もついて行くと聞いたんで……」

「お前は急用が出来たといったのだろう」

「そうでもいわないことには具合が悪かったんで……」

「一日中、どこへ行っていた」

「広小路の講釈場で夕方まで……八文屋で飯を食って酒を飲んで、いつもより多かったもんで、すっかり酔っぱらっちまって……」

その勢いで本所緑町の岡場所で遊んでいたと流石にきまり悪そうに白状した。

二

貞吉の身柄はとりあえず番屋へおいて、源三郎は東吾を佐賀町のおいのの住居へ案内した。

長助の長寿庵とは目と鼻の先の裏長屋で、おいのの遺体は町内の湯灌場から戻って来て、部屋に寝かされている。

「どうしたものか、困ったことでございます」

といったのは、井戸端に集っている連中の間から出た声で、

「野辺送りをどうしたものかと……」

という。

「貞吉なら、間もなくここへ戻って来るが」

と、源三郎が応じたのは、長助が麻生宗太郎に調べてもらいに行った薬が何かわかり次第、とりあえず、貞吉は番屋から出して親の野辺送りをさせようという腹づもりであったからだったが、大家の心配はそうではなくて、

「伊吉さんが水戸から戻って参ります前に仏さんを埋めちまってよいかどうか。なんと申しましても、伊吉さんはおいのさんの本当の子でございますから……」

という。

「すると、貞吉はおいのの本当の子ではないのか」

東吾が少々、意外な声で訊き、そのあたりにいた長屋の連中が揃って合点した。

「貞吉さんは、藤吉さんの最初の女房の子でございまして、その人は産後すぐに歿りまして、その後へ来たおいのさんが乳呑子《ちのみご》の頃から育てたんでございます」

とはいえ、貞吉本人も自分がおいのの腹を痛めた子でないことは承知しているし、古くからのこのあたりの住人も大方が知っているとのことであった。

そこへ長助が来た。

「宗太郎先生があっしの所でお待ちでございます」

貞吉はどう致しましょうと訊かれて、源三郎は番屋から長屋へ戻すようにと指示した。実の子でなかろうと、この際、仏を一人にしておくわけにも行かないと判断したものとみえた。

同時に長助に耳打ちして、貞吉には見張りをつけるように命じている。

長寿庵へ行ってみると、宗太郎は大きな茶色の袋を長助の女房に渡して、細かな説明をしている。

「おっ母さんが年のせいか風邪をひくと治りが悪うございます。宗太郎先生がこれを煎じて朝夕、うがいをさせるようにと……」

嬉しそうに何度も礼をいって奥へ去った。

「まさか、毒薬ではなかったんだろうな」

戻って来た時の長助の表情から推量して、東吾はいったのだったが、

「いや、毒にもなります。それもかなり強い毒です」

「薬にもなるんだろう」

「わたしの口癖を盗みましたね」

しかし、宗太郎の表情は笑ってはいなかった。

「あの薬の出所について調べて下さい。死んだ年寄りの他に、あの薬を服用している者はいないか」

「なんなのだ、あれは……」

「持ち込んだのは、まず異人でしょうが、清国経由で入って来ることも考えられなくはありません」

自分は長崎でイギリス人の医者から聞いたことで、その折、実物も見ているのだが、と前おきして宗太郎は紙包を開いた。黒茶色の粉末が子供の手のひとにぎりほど入って

いる。

「むこうでは狐の手袋と呼ばれている植物で丈は三尺程度にも伸び、花は紅紫色、葉は上面が濃い緑で、裏が白っぽい灰色、柔らかい毛のようなものが生えているそうです」

宗太郎の説明を、源三郎までが気味悪そうに聞いている。

「もともとは花がきれいなので、むこうの人は庭などに植えていたようですが、その葉に薬効があるのを、イギリスの医者が紹介した。今から六、七十年ほど前のことだといいます」

「なんに効くのだ」

と東吾。

「利尿剤ですね。腎臓が悪くなって尿の出がよろしくないような場合に用いるのですが、或る種の心臓の病にも効果がある。但し、連用は危険で、葉柄や葉の主脈のような部分は用いてはならないといわれています」

「要するに使い方によっては死人が出るってことだな」

源三郎が立ち上った。

「八文屋のおきみに訊いてみましょう」

長寿庵を出たところで戻って来た長助が加わり、四人の男がまっしぐらに海辺大工町へ行った。

八文屋は店を開けていたが、まだ客の立て込む時刻ではない。長助がおきみを外へ呼び出して来た。まだ十七、八の頰の赤い娘である。

薬をもらったのは月に一、二度、横浜から商売に来る市兵衛という男で金廻りはかなりいいらしく、おきみのような娘にも横浜土産《みやげ》をくれたことがあるといった。

「薬はおっ母さんにみせたら、知らない人から貰ったものはうっかり口にしないほうがいいといって飲みませんので」

茶簞笥《ちゃだんす》のひき出しにしまっておいたのを、やはり店に来る貞吉が母親の病気を心配しているようなので、厄介払いのつもりでやってしまったのだと申しわけなさそうに話した。

「あれは、やっぱり、いい加減なものだったのでしょうか」

心配そうな娘に、宗太郎が、

「いや、薬には違いないが、あまり飲みなれないものはよしたほうがいい」

とだけ返事をし、もし、横浜の市兵衛という客が来たら、番屋へ届けるようにいいおいて、おきみを店へ帰した。

「千種屋の手代が話して行ったのですが、この節、横浜ではなんでも外国から来た品物というと高く売れるというので、随分、いかがわしいものが出廻っているそうです。東吾さんも源三郎さんも、体にいいからなぞといわれて得体の知れないものを買ったり飲んだりしないで下さい」

せかせかと宗太郎が本所へ帰り、東吾と源三郎は肩をすくめた。

「どうも、とんだ御時世になりましたね」

「昔っから、この国の連中は新しいもの好きなんだ。冗談じゃねえぜ。狐の手袋なんぞ、お稲荷さんの狐が足袋《たび》はいていやあしめえし……」

考え込んでいた長助がぽつんといった。

「おいのさんの飲んでいた薬が狐の手袋ってことになりますと、貞吉はどうなりますんで……」

よもや、飲み続けると毒だと知っていて母親に飲ませていたとは思えないが、

「いいたくねえことではございますが、貞吉とおいのさんとは継《まま》しい間柄で、必ずしも親子の仲がしっくりしていたとは限りませんので……」

おいのの暮していた長屋は六畳に四畳半、母親と二人の息子の住居にしてはまあまあだと長助はいう。

「なにせ、昼間は三人共働きに出ていますんで、夜寝るだけの場所でございます。女房でももらってから別に所帯を持つなら当り前ですが、独りで出て行くというのはどうも……」

親子喧嘩をしたとも聞いてはいないが、何か世間にはいえない揉め事があったのかも知れない。

「もう一つ、気になりますのは、おいのさんの歿った亭主の藤吉と申しますのは、腕のいい宮大工でして、伊吉はその血でしょうか、やっぱり親方も感心するほどいい仕事を

する。まだ二十になったばかりで、自分より年長の大工と一緒に古くなったお宮の建て直しだの、嵐で屋根の傷んだお寺の本堂の修復だのに出かけて行くようでございます。それにひきかえ、親方が愚痴をこぼすのは貞吉のほうで、どう教えても未だに叩き大工で、それでも仕事がねえわけじゃありませんが、同じ兄弟であんなに差が出来るのはどういうわけかと、まあ町内でも二言目にはその話が出ますんで……」

当然、貞吉にしてみれば肩身もせまかろうし、弟がねたましくもあるだろう。

「そんな気持が、こんがらかって、とんでもねえことをしでかしたんじゃなけりゃいいと思っています」

長助が心配するのも無理ではないと思えるほど、先程の番屋での貞吉の様子はとり乱していたし、度を失っていたように見えた。

「しかし、長助、もし、貞吉が続けて飲むと毒とわかっている薬を母親に与えていたとすると、品川へ行く時、薬を持たなかった母親に持って行けといわなかったのは、どう解釈するんだ」

東吾の言葉に長助がつらそうに答えた。

「そいつは下手なことを人の前でいったら、あとで疑われると思ったからじゃございませんか」

出かけて行く母親のまわりには見送り人など近所の人々がいた。品川で母親が急死した後、その人々から、そういえばあの時、貞吉が薬を忘れるなと注意したといわれないために、あえて黙っていたのではないかと長助は考えている。

「成程、そういう見方も出来るなあ」

こういった場合、生《な》さぬ仲というのは厄介だと東吾は呟《つぶや》き、長助ともう少し町内の人々の話を聞いてみるという源三郎と別れて大川端へ帰った。

三

翌々日、長助が「かわせみ」へ来た。

「どうも妙な按配になりまして……」

貞吉が、母親の野辺送りを弟の伊吉が帰って来るまで行わないと決めている。

水戸から江戸まで、およそ三十里。すでに早飛脚で母親の死は伊吉に届いている筈だが、それにしても、すぐに旅立って来たところで、三日はかかる。

おいのが急死したのが十四日の午後で、その知らせが水戸へ届くのが早くても十六日、伊吉が仕事の宰領をしている親大工に許しを求めて旅立ったとして十九日中に江戸に入れるかどうか。

「今日は十七日か」

東吾が呟き、すでにこれまでの成り行きを聞いているお吉が、

「仏さんをそのままにしておいて、大丈夫なんですかね」

顔をしかめた。

もっとも、るいがお吉を伴って摩利支天へ参詣に出かけた玄猪祭の翌日から気温はぐっと下って炬燵が有難い毎日だが、それにしても遺体を何日もそのままにしておいていいわけがない。

「貞吉の奴が一日中線香を焚き続けていますが、近所の連中は気味悪がりまして、大家に早く葬《とむら》いを出せと苦情をいって来るようで……」

大家が説得に行ったが、

「伊吉にどうしても母親の顔をみせてやりたいの一点ばりでして……」

第一、貞吉は殆どものも食わず、家の外にも出ず、ひたすら遺体につき添っている。

「うちのお袋なんぞが心配して、握り飯を運んでやったりしていますが、ろくに咽喉《のど》を通らねえ有様でして……」

その一方で町内の人々から、おいのが死んだのは、貞吉が勧めた薬のせいだったという声がささやかれ、それがだんだん広がっているという。

「どうも貞吉が番屋に呼ばれたてえのがいけませんで、お上も貞吉を親殺しと目星をつけて調べているなんぞと、まことしやかにいう奴も居りますんで……」

いくら長助が否定しても、全く耳を貸さない。

「こんなさわぎになっているところへ、伊吉が帰って来て、また一悶着《ひともんちゃく》あってはと心配《しんぺえ》でございます」

重苦しい顔で長助が帰ると、早速、お吉がいった。

「畝の旦那はどう考えてお出でなんでございますかね。おいのさんが死んだのは、貞吉が一膳飯屋の女から買ったんだか、貰ったんだかした薬のせいなんでございましょう。結局は親殺しってことになるんじゃありませんか」

るいが制した。

「そういってしまったら貞吉という人が気の毒ですよ。まさか薬が悪かったなんて夢にも思わなかったでしょうし……」

女房から同意を求められて、東吾は困った。

「その通りなんだがね。例えば女房が山へきのこを採りに行って、間違って毒きのこを持ち帰った。そいつを食べて亭主が死んだ場合、お上は女房におとがめなしとは裁かれないんじゃないかな。やはり不注意だとして或る程度のお叱りを受ける……」

「お叱りだけですむんですか」

お吉が訊いた。

「なんてったって、人が死んでいるんですから……」

「そいつは俺にもわからないよ。お調べに当った者が、どう判断するか……」

「もう、そんな話は止しにしましょう」

不機嫌にいったのはるいで、

「いやでございます。女房が採って来た毒きのこで旦那様が死ぬなんて……」

きりりと眉が寄って、東吾が慌てた。

「俺は何も、るいのことをいったわけじゃないぞ」

「譬《たと》えが悪うございます。気色の悪い」

「つまらんことを気にするなよ」

お吉が逃げ出し、それまで黙って眺めていた千春が愛らしい声でいった。

「お父様、お母様をいじめてはいけません。八丁堀の伯父様にいいつけます」

「よせやい。冗談じゃねえ」

そんなやりとりがあって一夜があけ、東吾が軍艦操練所へ出仕した後、長助が頭から湯気を立てて「かわせみ」へとんで来た。

「伊吉が帰《けえ》って来ましたんで。兄弟が手を取り合って泣いて居ります」

今日中に野辺送りが出来るだろうという折角の知らせは、お吉に邪慳《じやけん》に追い払われた。

「そんな話を一々、持ち込まないで下さいよ。うちは御奉行所じゃないんですから……」

きょとんとした長助は嘉助の目くばせでなんとなく諒解し、しょんぼり深川へ戻って行った。

にもかかわらず、東吾が軍艦操練所から帰って来る時刻を待っていたように長助が一人の若者を伴って「かわせみ」へやって来た。

ちょうど、嘉助やお吉に迎えられ、るいに太刀を渡して上りかまちに足をかけた恰好の東吾はふりむいて長助を見、内心、困惑したものの、表情には見せなかった。

勿論、るいはこうした場合、決していやな顔はしない。

「毎度、申しわけねえとは思いますが、伊吉の奴が、どうしても若先生に聞いて頂きてえというもんですから……」

恐縮し切っていう長助に東吾は笑った。

「そういうことなら上れよ」

「いえ」

思い切ったように顔を上げたのは伊吉で、まだ前髪が似合いそうな子供子供した顔付だが、目にしっかりしたものを持っている。

「まことにすみませんが、兄を一人にして来てしまいましたので、こちらのすみで話を聞いて頂きとうございます」

嘉助が心得て帳場格子のある前に座布団を持ち出して来た。

いい具合に客が到着するには早すぎる時刻でもあった。

「お前、随分、早く水戸から来たが、夜旅をかけたんだろうな」

東吾の前に両手を突いたきり、言葉も出ない様子の伊吉をみて、こちらから声をかけたのだったが、

「さぞかし、驚いただろう」

というのたわりに対して伊吉の返事は、

「兄さんが……一人でさぞかしつらい思いをしているだろうと宙をとぶ思いで……」

水戸を発ったのは知らせを受け取ってすぐだったという。

忽《たちま》ち涙ぐんだ。

「棟梁が許してくれましたんで……」

改めて額を床《ゆか》にすりつけた。

「お上では、兄さんがお袋に薬を与えて、そいつが悪かったとおっしゃったそうでございますが、それは兄さんのせいではありませんので……」

貞吉が薬をもらって来て、どうしたものかと伊吉に相談し、

「横浜からお出でになった旦那がお持ちになった薬なら、きっと効くに違いないから飲んでもらおうと申したのは手前でございます。兄さんはなんでも手前に相談を致します。手前がうんといわなければ決して一人で何かを決める人ではないので……」

二人で決めて母親に飲ませてみると、どうやら具合がよいという。安心して伊吉は水戸の仕事に出かけて行った。

「手前の留守中、兄さんは何度もお袋に体の具合はどうかと訊いて居ります。お袋はとてもよいと返事をしたそうでございますが、兄さんはお袋が自分に気を遣ってそういっているのではないかと心配していたようで……兄さんとお袋はいつもそうなのでございます。おたがいが気を遣い合って……それはかわいそうなくらい……ですが、それが裏目に出てしまったのです」

「しかしなあ」

穏やかに東吾がいった。

「近所の者は、貞吉が生さぬ仲の母親とうまく行かなくて、所帯を別にしたといっているぞ」

伊吉の目の中が涙で一杯になった。

「とんでもねえことで……兄さんが家を出て所帯を別にしたのは、少しでもお袋をらくにさしてやりてえ一心からです」

別居したのは伊吉が十五で宮大工への道を決めた時だといった。

「兄さんも手前も十の年から親方の所で見習奉公をして……手前は十五の時に親方から宮大工の棟梁の所へ行くようにいわれました」

宮大工にむいているといわれ、自分でもその気になった。

「修業中は早朝に家を出て、夜更けに帰ります。その中《うち》に地方の仕事について行くことが増え、お袋と暮す日がどんどん少くなりました」

「ならば尚更、貞吉が母親の傍にいたほうがよかったんじゃないのか」

「お袋も働いて居ります。富士見屋さんでは昼飯も夜もむこうで出して下さいます。お袋一人なら飯の仕度をする必要がないんです」

貞吉が一緒だと、おいのは悴のために飯をこしらえ、お菜を作る手間がかかる。

「富士見屋さんは夜が遅い分だけ、朝はゆっくりでよろしゅうございます。でも、兄さんが一緒に暮していれば、お袋は早起きして飯を炊き、弁当を作って兄さんを送り出すことになります。兄さんはお袋にその苦労をさせたくなかったんでございます」

るいとお吉が同時に小さな吐息を洩らし、東吾は成程と気がついた。こういう思いやりは女でないとわからない。

「世間の人は上《うわ》っ面《つら》だけをみてものを判断致します。兄さんの気持を知っていたのは俺とお袋だけなんで……」

夢中になった伊吉の言葉遣いに地金《じがね》が出て来て、それが伊吉の必死さを聞いている者に伝えた。

「お袋は手前が江戸にいる時は魚を煮たり、芋の煮っころがしを作ったりしては、兄さんの所へ届けろと申しました。兄さんもまだ僅かの稼ぎしかないのに、親方から手間賃をもらうと必ず、いくらかを手前に渡して、お袋には自分からとはいわずに何か好きなものでも食べるようにしむけてくれと頼みました。兄さんとお袋はそういう親子なんです。その兄さんがお袋に悪いとわかっている薬なんぞ飲ませるわけがねえんです」

急に嘉助が暖簾のむこうに目をつけ、すばやく下りて行ったと思うと、そっちで女の声がした。

「いえね、この人、伊吉さんの姿がみえないとなんにも手につかなくなっちまうんで……いくら大丈夫だっていってやっても、お上が伊吉さんを連れて行ったんじゃないかって。仕様がないんでつれて来ちまいました」

長助の女房のおえいがすまなさそうに入って来て、その後から若い男の顔がのぞいた。

貞吉である。

「兄ちゃん」

と伊吉が呼び、貞吉は血相変えて東吾の前へ来た。

「伊吉は何も知りません。悪いのは俺だ。お袋の具合が悪いんじゃねえかと思いながら、薬をやめさせなかった俺が、お袋を殺しちまった……」

「兄ちゃん、なにをいう」

「伊吉は悪くねえ、悪いのは俺だ」

泣き叫んでいる兄弟に、東吾が一喝した。

「お前ら、親の野辺送りはどうしたんだ。くだらねえことをいい合っている間に、するべきことをしたらどうだ」

おえいがおかしそうにいった。

「若先生、この人達、おいのさんの野辺送りなら、とっくにすませましたよ。お寺へ行ってお経を上げてもらって……帰って来てからうちの人と伊吉さんがこちらへうかがったんですから……」

東吾が笑いをこらえて、もう一度どなった。

「それならそれで、家へ帰って仏壇に線香でも上げろ。もしも、お上に呼ばれたら二人して今日ここで喋ったことをきちんと申し上げるんだ。その上でお叱りを受けるんなら一緒に受ければよい。とにかく帰れ。お前らの留守に弔いの客が来でもしたら、仏壇の中の位牌が途方に暮れるぜ」

四

貞吉と伊吉の兄弟は、お上からの呼び出しにより長助につき添われて取調べを受けた。

その結果、母親に薬を与えたのはあくまでも親孝行の気持からで、その薬は異国から持ちこまれたものであり、兄弟には飲み続けると害があるなぞとは知る由もなく、従っておかまいなしと申し渡された。

「源さんも考えたんだなあ」

お上の調べを受けて、おかまいなしとなれば世間の疑いは一応、晴れる。

「それでもいいたい奴はいろいろいうだろうが、それも歳月が助けてくれるだろう」

それにしても、と、東吾がるいにいった。

「生さぬ仲ってのは、あんなに気を遣うものかなあ」

東吾の頭の中にあったのは、兄夫婦と養子になっている麻太郎のことだったのだが、るいはそれとは知らずに話をした。

「おえいさんが来ての話なんですけど、貞吉さんがいったそうです。あの人達の父親が歿っておいのさんが働いて子供達を育てていた時分、飯といえば米が少しであとは粟《あわ》だの稗《ひえ》だの。その御飯をおいのさんはなるべくお米の多いところを貞吉さんによそっていたんですって」

或る時、それに気づいた貞吉が自分の茶碗をそっと弟のと取りかえていたのだと、これは伊吉がいったという。

「自分はまだ三つで、そのこともわからず平気で食べていたんだって嬉しそうにいってたそうですよ」

おいのが生みの我が子よりも、先妻の子を大事にしなければと心がけて来たのは、

「やっぱり、幼い子供に心を残して歿った先妻さんの気持を思いやったからだと思います。そういった親の心ってのは、子供にもわかるんじゃありませんか」

るいの言葉に、お吉が大きくうなずき目を赤くしている。

「貞吉さんてのも、よく育っているんですね。自分は無器用で飲み込みが悪いが、一生けんめい仕事をして、弟に恥かしくない大工になるって長助親分にいったとか、おえいさん、すっかり貞吉さんの贔屓になってしまって……」

女達の話を聞きながら、東吾はぽつぽつ色づいて来た紅葉の梢を眺めて考えていた。

お上の取調べで、親殺しの疑いは晴れたとはいっても、自分達の不明の故に薬を与え、それで母親が命を失ったという悲しみが貞吉と伊吉の心から消える日は生涯なかろうと思う。

悪いのは、そういった代物を持ち込んだり、知りもしないで人に与える奴だが、それが毒にも薬にもなるというと厄介であった。

結局、麻生宗太郎がいったように、わけもわからず安易に飲んだり食ったりするほう

が悪いということかと忌々《いまいま》しく思っているところへ板前が大皿に盛ったぼた餅を運んで来た。

「この前、亥の子のまつりに作ったのを、千春嬢様がまた食べたいとおっしゃいましたんで……」

千春が喚声を上げ、るいが東吾をふりむいた。

「旦那様も召し上りますでしょう。おいくつお取りしましょうか」

亥の子のまつりにぼた餅を食うなどとは、いったい、どこの誰が考えたものか。

東吾は黙って指を一本突き出した。

北前船《きたまえぶね》から来《き》た男《おとこ》

一

軍艦操練所から帰って来た東吾が帳場の奥の部屋の飾りつけを眺めて、

「そうか、今日は恵比須講だな」

と出迎えたるいにいった。

神棚の下に八足《はっそく》をおいて、その上に恵比須、大黒の木像をおさめた小宮を安置し、酒や饌米《せんまい》を供えてあるのだが、目を奪うのは三方《さんぼう》にのせた大鯛で、さぞかし仕入れに行った板前が奮発したのだろう、目の下一尺近くもあるような立派な代物である。

江戸では十月二十日を恵比須講と定め、商家では客を招いて盛大に祝う風習があった。

上方でいうところの誓文払《せいもんばらい》で、京大坂では、もっぱら呉服屋や木綿屋、古着屋だのが、お恵比須さんを祭って今宮の恵比須神社に参詣するが、江戸は殆どの商家が店先に簾《すだれ》をかけ、商売繁昌を願って賑やかに祝う。

「かわせみ」は宿屋商売なので、それほど華やかな飾りつけなどはしないが、やはり縁起をかついでそれなりのことをする。

で、東吾も一応、恵比須、大黒、二神の前へぬかずいて柏手《かしわで》を打った。すると、東吾と一緒に小さな手を合せていた千春が大きな声で、

「千両、万両」

と称える。

「なんだ、そりゃあ」

驚いた顔の父親に、得意な顔で、

「恵比須講の日は、おまいりする時、そういうものなんですって」

と返事をする傍から、るいが迷惑そうに、

「お吉が教えましたの。なんですか、欲の皮が突っぱっているみたいできまりが悪いのですけれど……」

いそいで千春の手をひいて居間のほうへ向った。

「お泊りの、上方からのお客様がそのようにおっしゃったそうで、早速、お吉が千春嬢様にお喋りしたものでして……」

番頭の嘉助が笑いながらとりなし、

「恵比須さんも楽ではないいな。鯛一匹で千両箱を無心されるんじゃ」

東吾も笑いとばして奥へ入った。

居間にはきれいな小布が散らばっていた。

「これも、お吉が買って来ましたの」

恵比須講の日、呉服屋は端切《はぎ》れを一定の形に切り分けて、七種売《ななくさうり》とか、五色《ごしき》とか、まとめて安く売っている。せいぜい金二朱か一分くらいのものだが、これも女子供には人気があって我も我もと買い求める。

「千春嬢様のお人形の着物を縫うのに、ちょうどよいかと存じまして……」

相変らず臆面《おくめん》もなくお吉が熱い甘酒を運んで来ていった。

この二、三日、急に気温が下って甘酒の旨い陽気になっている。

「そういえば、さっき長助親分が参りまして、明日の釣は如何致しましょうかと申して居りました」

お吉の報告に、東吾は苦笑した。

今年の夏、神林麻太郎は釣をおぼえた。

教えたのは親友である畝源太郎で、その源太郎は東吾に習って釣好きになった。

最初は二人だけで綾瀬川の岸などで釣糸を垂れていたが、やはり舟でよい漁場へ出かけたほうが面白い。二人からおそるおそるねだられて、東吾は少々、慌てた。

源太郎を釣に伴って行った時は、そもそも最初から彼の父親である畝源三郎から、

「一応、手ほどきだけはしてやったのですが、御承知のように、手前は御用繁多でなか

でも何卒、よろしく」

なか連れて行ってやれません。もし、東吾さんが釣にお出かけの折でもあれば、御厄介

と依頼されてのことだったから、いわば天下晴れての教授であった。

だが、麻太郎となると、これは神林通之進の許しを得なければならない。

大体、東吾は子供の頃から釣が好きで、手作りの竹竿に蚯蚓《みみず》の餌であっちこっちの小川を荒し廻ったものだが、兄は弟の戦果を笑って見ているだけで、決して自分も行こうとはいわなかった。だから、ひょっとすると兄は釣のようなものは好まないのではないかと思う。従って、麻太郎が釣に興味を持ったのは自分の血のせいではないかと、それも東吾にしてみれば兄に対して面映ゆい。

しかし、いくら考えていても仕方のないことなので、東吾は兄が奉行所から退出して来る時刻を見はからって八丁堀へ出かけた。

月番ではなかったせいもあって、通之進は帰宅していた。義姉の香苗に訊いてみると、麻太郎は源太郎と一緒に高山仙蔵の家へ出かけていてまだ帰っていないとのことで、

「この節は西洋の食べもののことを習っているそうで、先日もとてもおいしい汁を作ってくれましてね」

なにやかやと野菜の沢山入った煮込み汁で、

「旦那様も、これは大層、旨いとおっしゃって、麻太郎は大喜びでした」

と目を細くしている。

「あいつ、厨房の仕事なぞ出来るのですか」

「高山先生がおっしゃったのだそうです。男子とて必要があらば飯も炊き、汁も作る。女子とて一朝ことある場合には薙刀《なぎなた》を取って敵にむかうのと同じことだとか」

「男が汁を作るのは、女が薙刀をふり廻すのと同じですか」

「旦那様が、困った時には男女にかかわらずおたがい助け合わねばならぬ。その時、なんでも出来るほうがよいであろうとおっしゃいましたの」

「成程」

通之進は居間で訴状のようなものを読んでいたが、弟の顔をみると、

「どうした。なにやら思案投げ首といった恰好だな」

と訊く。この兄に廻りくどい説明や弁解は無用と承知しているので、単刀直入に、

「麻太郎が釣をおぼえたようなのですが」

と切り出すと、

「あいつは実に勘がよい。源太郎の竿を借りて釣ったと申して、鯔《ぼら》を十四余りも持って帰った。あれは、実に美味であった」

妻の香苗と顔を見合せるようにして笑っている。東吾は体勢をたて直した。

「ついては、源太郎と麻太郎もまだ子供ですので、舟釣りは無理かと存じますが、手前が同道してやってもよろしゅうございますか」

「やはり、舟釣りのほうが面白いものか」

「では、連れて行ってやってくれ。くれぐれも危いことのないように……」

「勿論です」

「承知しました」

香苗がはずんだ声で取り次いだ。

「麻太郎が戻りました」

廊下を子供らしい足音が近づいて敷居ぎわにすわって両手をついた。

「只今、戻りました。叔父上、おいでなさいまし」

通之進が口許をゆるめた。

「よい話があるぞ。東吾の叔父上が其方達を舟釣りに伴って行ってくれるそうじゃ」

麻太郎が目を輝かした。

「ありがとう存じます。いつですか」

「それは、あとで相談しよう」

「はい、ありがとう存じます」

香苗と共に着替えに立って行く足どりがはずんでいる。それを見送って、

「兄上は釣がお嫌いではなかったのですか」

思い切って東吾が訊いてみると、

「何故、そう思う」

「今まで一度も釣にお出かけになったことがございませんから……」

通之進が弟の顔を眺めて苦笑した。

「お前がつくづく羨ましいと思っていたよ」

「釣ですか」

「子供の時はなんでもやってみたいと思うものだ。しかし、わたしには釣よりもやらねばならぬことが多すぎたからな」

「そうでしたか」

父に死なれて弱冠十八歳で与力職を継いだ兄であった。その日常は釣どころではなかったのだと改めて気がついて東吾は頭を下げた。

「愚かでした。兄上のお立場を承知して居りながら……」

「麻太郎には好きなことをなんなりとやらせてやりたい。人はみな其方のように大人になっても好きなことばかりして生きて行けるとは限らぬからな」

「兄上」

神林家の居間に兄弟の笑い声が響いた翌日、東吾は約束通り、麻太郎と源太郎を連れて大川へ舟釣りに出かけた。

前もって打ち合せておいたように、永代橋の袂まで長助が出迎えていて馴染みの釣舟屋へ行ってみると船頭は初顔であった。もっとも、長助のほうはその船頭をよく知っていて、

「いつも若先生のお供をして居りますす寅吉の甥に当りますんで、寅吉がここんとこ少々、

風邪気味なんで代りに働かせてもらって居りますような按配でして……」

何分よろしくと当人をひき合せた。

寅吉の甥は、名を卯之吉といい、二十ちょうどというにしては上背もあり、体格がずば抜けてよい。竿のさし方も櫓の扱いも堂に入っている。

「今日は天気もよろしゅうございますし、波も静かでございますから、おさしつかえなければ、ちょっと沖へ出しますが……」

というので、大川の河口から海へ少々漕ぎ出したところで舟の位置を定め、早速、釣糸を垂らしてみると面白いように魚がかかって来る。

最初は麻太郎と源太郎の面倒をみていた東吾だったが、二人が次々と釣り上げるし、長助までが鯛を上げるに至って、遂にたまらなくなり、卯之吉が、

「若様方のお世話はあっしにおまかせ願います」

といってくれたのを幸い、慌てて自分の釣竿にとりついた。

午《ひる》すぎまで、二度ほど場所を変えて、

「こんな大漁は生まれてはじめてだよ。こいつらがやみつきにならなけりゃあいいがな」

という東吾の心配をよそに、二人の少年は夢見心地で釣り上げた魚の数をかぞえている。

「あんまり獲り過ぎても海の神様に申しわけがないから、今日はこのくらいにしておこ

う」

折角、海へ出たのだから、そのあたりをぐるりと廻って大川へ戻ろうと東吾が提案したのは、卯之吉の櫓の扱いがまことに海を熟知しているのに気がついたからで、彼は悠々と舟を廻して海からの江戸を見物させてくれる。おまけに品川沖に停泊している船を、あれは上方から来た四国丸だ、こちらのは房州を廻って来た上総《かずさ》丸だと、二人の少年に教えている。

「あんた、ただの船頭じゃないな。いったい、どこの海で働いていたんだ」

大川へ戻りながら東吾が訊き、卯之吉は、

「実は三年ばかり北前船に乗っていましたんで……」

といくらか恥かしそうに答えた。

「北前船か。そいつは凄いな」

俗に北前船と呼ばれているのは上方と酒田、或いは函館を結ぶ買積船のことであった。主に酒や紙、煙草、米、棉、砂糖、塩、莚《むしろ》などの品物を積んで春に大坂を船出する。瀬戸内を抜け下関から日本海へ出て北上し、山陰や北陸の主だった港へ寄って品物を売買して、時には蝦夷地にまで達する。帰りは鯡粕《にしんかす》、昆布、数の子、ふのり、俵物などの海産物を仕入れて上方まで戻って来るのが十月から十一月はじめまでで、要するに買積船の名の通り、航海しながら各地で商売をするので、上方から江戸を結ぶ廻船がもっぱら荷を運ぶのを目的とし、一年に何度も往復するのに対し、北前船は年に一回の往復がもっぱらであった。日本海の冬は荒天が続き、危険なので冬の間は船囲《ふながこ》いして休むことになる。

「成程、あんたは北前船の休みには江戸へ戻って寅吉の手伝いをしているんだな」

東吾の早合点を卯之吉は遠慮がちに否定した。

「いや、江戸へ帰《けえ》って来たのは三年ぶりです」

「ほう」

「北前船の休みの間は瀬戸内の海を乗って働いていましたんで……」

「休みなしでか」

「働いていたほうが、つらいことは思い出さねえから……」

「ほう……」

豊海橋に近い船着場が近づいて、卯之吉は鮮やかに舟を廻して岸辺に着けた。

二

東吾が卯之吉に会ったのはその時の一度きりだったが、源太郎と麻太郎は長助に教えてもらって深川黒船町の寅吉の住居を訪ね、卯之吉に北前船の話を聞いたりしていたらしい。

卯之吉のほうも、二人の少年に親しみを持ったのか、仕事の合い間に小名木川や横川あたりへ連れて行っては竿の扱い方や、魚を針からはずすこつなどを親切に教え、麻太郎と源太郎はすっかり彼と仲よしになった。

その日、二人の少年は高山仙蔵宅でさまざまの学習をし、夕方近くに帰途についた。

京橋まで戻って来た時、麻太郎が気づいた。

「源太郎君、あんな所を卯之吉が歩いているよ」

二人が足を止めた川岸のむこう側をどこへ出かけたのか、卯之吉が中橋のほうへ歩いている。走って行って、川越しに声をかけようとして二人の少年がそれを止《や》めたのは、急に立ち止った卯之吉が、いきなり路地へ逃げ込んだからで、なんだろうと見ていると、卯之吉の歩いていた道を八丁堀のほうからやって来た二人の武士があった。

一人は八丈紬《はちじょうつむぎ》の着流しに巻羽織、帯に朱房の十手をたばさんでいるのからして町奉行所の同心とわかる。こちらは五十そこそこの年配。もう一人は紋服に羽織袴、こちらは二十なかばぐらいだろうか。

親子ほども年の違う二人は白魚橋のところで立ち止り、挨拶をかわして、若いほうは白魚橋を渡り築地のほうへ向い、五十がらみの同心は楓《もみじ》川に沿って日本橋川の方角へ歩み去った。

更に二人の少年が驚いたのは、路地に逃げ込んだように見えた卯之吉が出て来て、築地の方角へ向った若侍の後を尾《つ》けて行ったことである。

「なんだろう」

麻太郎が呟き、源太郎がいった。

「楓川沿いに行かれた方は、坪井三左衛門どのです。屋敷が近くなので知っているのですが、あちらは市中取締掛だったと思いますよ」

「築地のほうへ行ったのは……」

「あちらは知りません。どうやらどこかの藩士のようですね」

「なんで、卯之吉は尾けて行ったのだろう」

明らかに最初はかくれ、次には尾行した。

白魚橋の所まで行って、卯之吉の向った道を眺めたが、その道はすぐ突き当って水谷町のほうに折れているので、前に行った武士の姿は勿論、卯之吉も見えなかった。

二人共、なんとなく心にかかったが、といって追いかけて行く理由もなく、日は暮れて来るのでそのまま八丁堀へ帰った。

月が変って、十一月の初酉《はつとり》の日、源太郎は母親のお千絵《ちえ》と、お千絵の実家である御蔵前片町の札差「江原屋」の番頭と手代二人をお供に浅草の酉の市へ出かけた。

江原屋の神棚に飾る熊手を買い、茶店に寄って粟餅を食べていて、源太郎は目の前を卯之吉が歩いて行くのに気がついた。

その様子は明らかに誰かを尾けているので、卯之吉の視線の先を眺めると、五人ばかり肩を並べるようにして侍が歩いて行くその中の一人が、この前、白魚橋の付近でみかけた若侍であった。で、

「母上、少々、こちらで待っていて下さい」

とことわって、卯之吉を追って行った。

西の市はそのまま行くと新吉原へ出る。

源太郎は無論、知らなかったが西の市の間の吉原は大門の外、日頃は閉じて通行を禁じている門をすべて開けはなって見物人を招じ入れている。

五人の侍は馴れた様子でその門をくぐって行き、卯之吉もそれに続いたようだったが人ごみにまぎれて姿を見失った。

どうしたものかとたたずんでいると、漸く源太郎の姿を探しあてたらしい江原屋の番頭につかまって、

「若様、ここから先は、まだ若様には早ようございますよ」

笑いながら連れ戻された。

麻太郎は翌日、源太郎からその話を知らされた。

「何か、異様な感じがしました。日頃の卯之吉らしくなく、思いつめた様子で……」

源太郎がいい、麻太郎もうなずいた。

「この前もそうだった。卯之吉は目のいい男なのに、川むこうにいたわたし達が目に入らなかった」

むこうからやって来た二人の侍に驚愕し、その一人を尾行するのに夢中で、まわりに視線が届かなかった。

「卯之吉は北前船で水夫《かこ》をしていた男です。それがなんで侍の後を尾けるのか」

麻太郎が考え込んだ。

「源太郎君、憶えているか。最初にわたし達が叔父上と一緒に卯之吉の舟に乗った時、卯之吉は三年も江戸へ帰って来なかったのは、つらいことを忘れるためだというような口ぶりだったが……」

「そうです。わたしもそれが気になっていました」

侍を尾行することと、つらい出来事とは関係があるのではないかと二人の意見が一致した時、麻太郎も源太郎も捨ててはおけないという気持になった。

二人にとって、卯之吉は親切で気のいい友達のようなものであった。体は大きいが、年齢からいえば二人の兄さんといった年頃でもある。

「卯之吉について調べてみましょう。もし、我々で役に立つことがあれば助けてやりたいと思いますし……」

源太郎の思いに、麻太郎も賛成した。

二人がまずめざしたのは長助であった。

長助は二人の少年と卯之吉が一緒に釣に出かけているのを知っていたから、卯之吉のことを訊かれて、あまり不思議に思わなかった。

ただ、長助も卯之吉について、たいして知っていたわけではなかった。

「あいつのお袋の実家てえのは、谷中の花屋だって聞いてます。船頭の寅吉の女房のおきくってのと、卯之吉の母親が姉妹なんだそうでして……卯之吉の両親はとっくに歿って、一人いた姉さんも死んじまったって話ですが……」

身よりといえば、寅吉夫婦だけらしいという。

「寅吉夫婦には子供がいませんので、まあ出来ることなら、卯之吉に北前船を下りてもらって大川筋の船頭をやるか、他になにか仕事をみつけるか、おきくさんが永代の元締《もとじめ》に相談してるってことでした」

永代の元締というのは深川の三十三間堂の近くに住む文吾兵衛《ぶんごべえ》のことで、大名家などへの人足の口入れ業が主な仕事だが、その他にも露天商などの縄張りを持ち、裏の世界にも睨みをきかせている。

もっとも、当人は面倒みのよい好々爺《こうこうや》で人情に厚く、正義漢でもあった。

「卯之吉のことで何か」

と長助に訊かれて、二人の少年は首をふった。

「いや、いつも厄介をかけているのに、あいつのことは何も知らないので……」

ちょっと訊いてみただけだと取り繕った二人に長助は合点したが、そこは長年、畝源三郎の下で働いて来た岡っ引だから、ただ聞き捨てにしたわけではなかった。

二人の少年はそんなことまではわからない。

「文吾兵衛というのは、花世さんの知り合いですよ」

何年か前、花世が迷子になったのがきっかけで人さらいの仲間を検挙した際、文吾兵衛とその悴の小文吾《こぶんご》と知り合い、以来、文吾兵衛一家は本所の麻生家へお出入りしているのだと源太郎がいい、麻太郎が決めた。

「では、わたしが花世さんに頼んで文吾兵衛から聞いてもらおう」

源太郎がいった。

「わたしは念のため、坪井三左衛門どのについて調べておきましょう」

白魚橋のところから卯之吉が尾けて行った若侍と同行していた八丁堀の役人である。

麻太郎にとって具合がよかったのは、たまたま、通之進が蜂蜜を入手して、それを麻生源右衛門《げんえもん》へ届ける役目を麻太郎に命じてくれたからであった。

「用人をお供につけましょう」

と母の香苗はいったが、麻太郎は、

「その必要はありません。手前一人で充分です」

と胸を張っていい、風呂敷包にされた蜂蜜を提げて八丁堀を出た。

花世は琴の稽古をさぼったのが発覚して母から叱責されたところだとかで、えらく不機嫌な顔で蔵の前の日だまりにすわり込んでいたが、麻太郎が丁寧に事情を話して頼むと、

「髭もじゃもじゃなら、あたしのいうことはなんでも聞いてくれます。これから一緒に行きましょう」

と請け負ってくれたものの、

「お母様にいうとうるさいので、麻太郎さんからお父様に、あたしと髭もじゃの所へ行くと断って来て下さい」

という。麻生宗太郎は離れになっている建物で患者の話を聞いていたが、麻太郎が花世のいった通りを告げると、あっさり、

「ああ、わかった。気をつけて行きなさい」

と返事をした。おそらく、なんの用でと訊かれると思い、問われたらどう返事をしたものかと思案に暮れていた麻太郎は、ほっとして、

「花世さんは必ず、送って来ますから……」

といい、怱々《そうそう》に花世の待っている裏門へとんで行った。その花世は、

「宗太郎先生のお許しを頂いて来ました」

と麻太郎が声をかけると、すぐとっとと歩き出す。肩を並べて暫く歩いてから、麻太郎は花世の感じがさっき部屋でみた時と何か違うように思い、やがてその理由がわかった。

出かけるのでお洒落をして来たつもりなのか、花かんざしを挿している。よっぽど慌てたものか、それが頭のてっぺんに空をむいて突きささっている。挿し直してやったほうがいいのではないかと思いながら、きっかけがつかめず、麻太郎は当惑しながら、ゆらゆら揺れている花かんざしを眺めつつ歩いた。

高橋を渡り、霊巌寺の塀外を通って仙台堀へ出た。そのまま堀沿いに下りて行って亀

久橋を抜けると、むこうに三十三間堂の大屋根が見えて来る。花世が麻太郎を伴って行ったのはその裏側の家であった。がっしりした造りで格子戸がきれいに磨かれている。

麻太郎が驚いたのは花世が格子戸に近づく前にその格子戸が内から開いて、若い男が二、三人ぞろぞろと出迎えたことである。

「お出でなさいまし」

と丁重に挨拶され、花世は、

「髭もじゃもじゃはいますか」

少し気どった声でいった。

「元締は只今、出かけて居りますが」

と若い男がいいかけた時、髭の剃りあとが青々として、目の大きな若者が二階からかけ下りて来た。

「お姫《ひい》さん、御用ならお使を下さればすぐにとんで行きますのに……」

まずお上り下さいと手を取るようにして奥の部屋へ案内した。

お茶が運ばれ、お菓子が出て、花世がもっぱら饅頭《まんじゅう》を食べている間に、麻太郎は自分が釣舟で卯之吉と知り合い、その後も釣を教えてもらっている間柄だと話した。

「あの人は自分のことを何も話しません。でも、北前船の水夫だとは聞いています。それなら春が来るとまた上方へ帰るのでしょうか」

折角、友達になったのにと残念そうにいった麻太郎に、小文吾は大きく合点した。

「たしかにあいつはいい奴で、若様方が贔屓にして下さるのは、まことにありがてえことで……」

「親兄弟がいないのは本当ですか」

「へえ、寅吉夫婦の他は……ですが、寅吉の女房のおきくさん……卯之吉にはたった一人の叔母に当りますんですが、この人が、うちの親父の妹夫婦がやってる一膳飯屋で働いているんです。そんなかかわり合いで、親父も卯之吉のことは気にかけていますから……」

「卯之吉も深川育ちですか」

「いえ、おきくさんの話だと、親は谷中のほうで花屋をしていたんだそうで、卯之吉の父親、仙七といいますが、それが歿るまでは家があったんで、卯之吉は生まれも育ちもそっちでございます」

「仙七という人は病気で歿ったんですか」

「へえ、まあ随分と以前のことですが、仙七さんというのは北前船の水夫でして、北前船と申しますのは普通、上方と酒田あたりを往き来するものだそうですが、時には秋田あたりから米を積んで江戸まで運ぶ場合もございます。たまたま、仙七はそいつに乗って品川へ来て、暫く骨休め旁《かたがた》滞在している時に浅草へ遊びに行きましておとみさん、つまり、卯之吉の母親ですが、雨宿りが縁で知り合ったんだそうです」

まあ、こんな話は若様には御退屈でしょうが、といいかけた小文吾を花世が制した。

「いいえ、大事な話ですから続けて下さい」

小文吾は一瞬びっくりしたが、そういった花世の態度には馴れているらしく、少しばかり照れくさそうに話を続けた。

「もともと、仙七って男も生まれは浅草のほうだったとかで、合縁奇縁《あいえんきえん》って奴ですか夫婦になりまして、おちかと卯之吉が生まれたというわけでして……」

麻太郎が一膝進めた。

「卯之吉には姉がいたのですか」

「へえ」

「その人も歿ったのですか」

「へえ」

「おっ母さんのおとみという人も歿っていますね」

「へえ」

「みんな、病気ですか、例えば流行《はや》り病とかで……」

小文吾が日頃の彼らしくもなくへどもどした。

「いえ、その、仙七は働きすぎで体を悪くしまして、とうとう……」

「あとの二人は……」

「へえ、それが……」

花世が凜とした声でいった。

「はっきりおいいなさい。男らしくありませんよ」

小文吾が途方に暮れ、やむなくいった。

「なんでも、侍に斬られたってことで……」

三

麻太郎の報告に、源太郎が腕を組んだ。

「卯之吉の母親と姉さんを斬った侍の名はわからないのですね」

「小文吾は知らないといった」

「知っていてもいわないということはありませんか」

「もし、そうなら、いわないのではなく、いえないのだろうな」

「坪井三左衛門どのが、かかわり合っていると思いますか」

「どんな人なのだ、坪井どのというのは」

「わたしの知る限り温厚でひかえめな人です。父もそのように申していましたし、それに来年は五十なので、悴の参之助どのを見習に出し、御自身は隠居なさると聞いています」

今、麻太郎の話を聞いて気になったのは、

「坪井どのが吉原の大門脇に詰めて居られたことがある点なのです」

吉原の大門の脇には番所があって、通常二名の同心が詰めている。色里はとかく遊女をめぐって客の口論が絶えないし、時には暴力沙汰になりかねない。また、その他にも酔客の多い場所ではあるし、事件が起りやすいからだと、源太郎は父親に訊いた通りを語った。

「吉原か」

麻太郎が呟いたのは、いつぞや源太郎が酉の市に出かけて仲間らしい侍達と吉原へ入って行く若侍をみかけたと聞いていたからで、

「坪井どのと一緒にいたあの侍はいったい、どこの藩士なのだろう」

と源太郎の顔を眺めたのは、もっぱら彼が築地あたりの大名屋敷を調べているのを承知していたからである。

「築地界隈は大名屋敷が多いのですよ。それに、築地の方角へ行ったからといって、必ずしも築地あたりとは限りませんから……」

「藩士と限ったわけでもないしなあ」

「いや、藩士ですよ。髪の結い方、着物の着方、直参《じきさん》はああではありません」

ふっと麻太郎が顔を上げた。

「これは、以前、叔父上から聞いたことだが、町奉行所の役人には大名家と昵懇《じっこん》な場合が多いそうだが……」

源太郎が僅かに目を伏せた。

「たしかに、それはありますね」

例えば或る大名の家来が江戸で少々のもめごとを起す。

「遠国《おんごく》から殿様のお供をして江戸へやって来る侍には江戸の言葉が聞きとりにくかったり、逆に江戸の者はその侍のお国言葉がわからなかったりして誤解を生じることが多いようですね」

つまらないことから立腹して喧嘩になり刀を抜く場合がある。

「そんな事件を或る役人が扱って、なんとか穏便におさめたのが縁になって、その藩の江戸屋敷の方々と親しくなるという話はよく聞きます」

麻太郎がいいにくそうにいった。

「坪井どのが、どこの大名家に出入りをしていたか、親しくしていた大名家はないか調べるのは具合が悪いだろうか」

源太郎の父と同職の人であった。

「源太郎君が不快なら、やめるが……」

「いえ、調べてみましょう。そのほうが坪井どのに対しても、すっきりします」

とはいっても、源太郎の口調は冴えなかった。

「やはり、卯之吉の母と姉を斬ったというのは、あの若い侍なのでしょうか」

小文吾の話と卯之吉の奇妙な行動を結びつけるとそうした想像が浮んで来る。

「ことを穏便にすませるよう尽力したのが坪井どのではないかと思います」

憂鬱な顔で源太郎がいった。

「卯之吉が三年ぶりに江戸へ帰って来たのは母と姉の仇討をする気なのだろうか」

目の前の掘割の水を眺めて麻太郎が呟いた。

二人は今日、黒船町の寅吉の家を訪ねた帰りであった。そこに身を寄せている卯之吉に会って、それとなく話を聞いてみようということだったのだが、行ってみると寅吉も卯之吉も仕事に出かけていて留守だと隣家の婆さんから教えられた。

「おきくさんは一膳飯屋へ働きに行ってるでねえ、みんな帰って来るのは夜遅いと思いますよ」

といわれ、なんとなく二人は近くの富岡八幡の境内へ来た。この神社は社地がぐるりと水路に囲まれた恰好になっていて、とりわけ二人が立っている裏手の石垣外の水路は猪牙《ちょき》の往来が目立つ。

「わたしにはわからないことが多い」

卯之吉は母や姉を斬った侍の顔を知っていたのだろうかと、麻太郎は暮れなずむ深川の町へ問いかけるようにいった。

「それと、もし、仇討を考えているのなら、何故、三年待ったのだろう」

源太郎がうなずいた。

「わたしにもわかりません」

わかっているのは、卯之吉が一人の侍の後を尾け廻しているのと、三年前に母と姉を殺されたという事実であった。

「麻太郎さん、もう帰りましょう。暗くなって来ました」

源太郎がうながした時、二人は同時に目撃した。水路を屋根舟が行く。漕いでいるのは卯之吉、一枚だけ開いている障子のむこうにみえたのは、白魚橋から築地へ向って行った若侍にまぎれもない。

二人が顔を見合せ、同時に走り出した。

屋根舟は永居橋の下をくぐって左折し仙台堀の方角へ向っている。

麻太郎と源太郎は大急ぎで富岡八幡の境内を抜け門前町を迂回して永居橋の上に出た。

屋根舟はみえない。まっしぐらに道を走って仙台堀に架る亀久橋を渡った。

橋の袂からのび上ってみると、それらしい屋根舟が仙台堀を上って横川と交差するあたりにみえた。

息を切らし、汗をかきながら二人は追跡した。猪牙と違って屋根舟はそう速くはない。

横川が小名木川と交るところで屋根舟は右に折れた。小名木川へ入ったことになる。

少年二人は新高橋を渡り、小名木川の北岸に沿って走る。すでに夜の暗さになっていたが屋根舟は提灯もつけず、ひたすら漕いでいた。

「まさか、中川へ出るんじゃないでしょうね」

かすれた声で源太郎がいった時、屋根舟は横十間川にぶつかるところで急に立ち往生した。屋根舟の前方に猪牙が進路を遮るように立ちはだかっている。そして、横十間川には屋根舟を左右から取り囲むように猪牙が二艘。

そして、その一艘から身軽く一人が屋根舟に乗り移った。猪牙舟からいくつもの提灯がさし出されて、その人の姿を照らし出す。

「父上」

源太郎が叫び、麻太郎と源太郎は同時に背後から肩を叩かれた。

「お前ら、いったい、どこからあの屋根舟を尾けて来たんだ」

「叔父上」

「先生」

仰天した少年は、それでも屋根舟が気になって橋のむこうを眺めた。

「叔父上、船頭が代っています。あれは、卯之吉ではありません」

東吾もそれに注目していた。

「あれは、寅吉だ」

「不思議です。富岡八幡の境内から見た時はたしかに卯之吉でしたのに……」

四

「麻太郎に、船頭が代っているといわれた時は、流石の俺も慌てたよ」

十一月も残るところ、あと二日という冬晴れの午後。大川端の「かわせみ」の庭には山茶花《さざんか》が盛りを迎えていた。

「手前もそうでした。舟に乗り移ってなかをみるまでは、こいつはしくじったかと……」

源三郎が甘酒の茶碗をもて余すようにしながら苦笑した。

「つまり、若先生も畝の旦那も、てっきり、今村勘十郎ってお侍が殺されている。卯之吉さんが仇討をしてしまったと思ったわけですね」

子供達の前へ焼団子の皿をおきながらお吉が嬉しそうに口をはさんだ。

「実はそうなんだ。俺達は卯之吉が深川の料理屋から今村勘十郎を誘い出して屋根舟に乗せた時、漕いで行くのが卯之吉一人とわかったんで、これはどこか人目につかない所まで運んで仇討をする気だと思い込んだんだ。少くとも、舟を漕いでいる以上、今村を殺すわけには行かない」

「寅吉が舟の中にいたとは気がつきませんでしたよ。今村は吉原から馴染《なじみ》の妓がよこした使とばかり思い込んでいたそうですがね」

漸く燗のついた酒を、待ちかねていた畝源三郎と東吾に注ぎながら、るいもいった。

「卯之吉さん、今村って人を縄でぐるぐる巻きにしていたって……お侍ともあろう者が両手両足縛られて虫のようにころがっていたなんて、さぞかしきまりが悪かったでしょうね」

「きまりが悪いもへったくれもあるもんか、俺達があいつから目をはなさず、すぐに追跡したから助かったんだ。もう少し遅れれば中川から海へ出て、どぼんと放り込まれていたところさ」

しんと聞いていた麻太郎が東吾を仰いだ。

「叔父上は、いつから手前どもが卯之吉のことを調べているのにお気づきだったのですか」

「お前らが、長助の所へ卯之吉のことを訊きに行ったと知らされてからだよ」

その時、すでに東吾は卯之吉について文吾兵衛から報告を受けていた。

「卯之吉というのは、かわいそうな男なんだ」

父親の仙七は家族に少しでもいい暮しをさせてやりたいと北前船の水夫をして稼いでいた。だが、無理が祟《たた》って病気になり、谷中の家で寝たきりになってしまった。最初はともかく長患いになると、とても小さな花屋では薬代にもこと欠くようになる。その時、卯之吉は十三、三つ年上の姉のおちかが知り合いの伝手《つて》で吉原の京町の高島屋の抱えになって急場をしのいだ。高島屋のほうでもいきなり客を取らせるようなことはしないで、振袖新造にして花魁《おいらん》の身の廻りの世話をしながら遊里になれさせるといった配慮をしてくれたが、いつまでもそういうわけにも行かない。

「卯之吉は十四で品川の廻船問屋へ奉公に出たんだそうだ」

父親に気性が似ていて船乗りになりたいと思った故だが一人前になるまでは給金はもらえない。

「事件が起ったのは三年前、卯之吉が十七の時でね」

仙七の容態が急に悪くなって、驚いたおとみが吉原の娘のところへ知らせに行った。

「かねがね、高島屋の主人から父親が危くなった時は知らせに来い、近くのことだから、せめて死目には会せてやろうといってもらっていたからなんだが、あいにく、その時、おちかの所には客が来ていた」

それが今村勘十郎であった。

「藩名はいわぬが花だろうが、勘十郎という奴、二十そこそこだというのに相当の遊び人で、それというのも母親が若殿の乳母《めのと》だというんで周囲が甘やかしたらしい」

高島屋の若い衆がおとみを部屋まで連れて行って勘十郎にこれこれこうなので、ほんの一刻お暇を頂けまいかと話したが、勘十郎は邪推して承知しない。

おとみはこれはいけないと思って、それでは自分は病人が心配だから帰るといい、おちかは母親を送るつもりで部屋を出た。

「多分、かん違いをしたんだろう。今村勘十郎が追いかけて来て、階下《した》にあずけてあった刀を取りかえし、あっけにとられているおちかに斬りつけたそうだ」

母親は仰天して娘をかばい、これも勘十郎の刃《やいば》にかかった。

「俺も源さんも、今度はじめて高島屋で話を聞いたんだが、とにかく止める暇もない一瞬の出来事だったらしい」

知らせを受けて、大門の詰所にいた坪井三左衛門がかけつけて来て、勘十郎を取りおさえたが、おとみもおちかもすでに絶命していた。しかも、同じ日、仙七も近所の者にみとられながらあの世に旅立った。

つまり、一日の中に卯之吉は両親と姉を失ったのだ。

「おとがめは受けなかったんですか、今村って侍は……」

不服そうにお吉がいい、源三郎が東吾に代った。

「坪井どのは別に今村勘十郎をかばったわけではないのです。ただ、藩のほうから重役が奉行所に来まして、なんとか藩名を出さずに始末をしたい。勘十郎に関しては、江戸には母親がいて何かと厄介であるから国許へ移してきびしく処罰を行うということでして、そういわれると奉行所のほうでも相手のいうことを信じてまかせるというのが、まあ普通なのです」

おそらく切腹と、奉行所側では誰もが思った筈だと源三郎はいった。

「くわしい顚末《てんまつ》については、坪井どのなど、かかわり合った者以外には伏せられていましたし、ちらと耳にした者も斬られたのが遊女というと、どうも軽く考えがちでして……」

岡場所で働く女達を人間扱いしないのがお上の考え方で、

「卯之吉の気持を考えると、正直、すまないことだったと思います」

たまたま、卯之吉は船で上方へ行っていたので、寅吉が奉行所へ呼ばれ、坪井三左衛門が事情を話し、藩のほうからよこした金を卯之吉へとことづけた。

寅吉は一応、納得し、上方から戻って来た卯之吉にも災難だとあきらめるよう説得した。

長いものには巻かれろというのが庶民の智恵でもある。

「卯之吉にしてみれば泣いても泣き切れない口惜しさだったでしょうが、どうするわけにも行かず、結局、江戸を捨て上方へ行って、父親の縁を頼って北前船の水夫となったといいます」

そして三年、卯之吉は両親と姉の法要のために江戸へ帰って来た。

「これは寅吉が申したことですが、坪井どのは吉原の一件の後、寅吉が船頭をつとめる舟に何度か乗ったことがあったそうです。その折々に上方へ去った卯之吉のことを心配してもらったりしていた寅吉は、卯之吉を連れて坪井どのの屋敷に挨拶に行き、礼をいった。つまり、その節はいろいろ配慮をしてもらって有難かったといったようなことですが」

源太郎が合点した。

「それで、卯之吉は坪井どのの顔を知っていたのですね」

「その通り。最悪だったのは今村勘十郎が江戸へ出て来ていたことだ」

奉行所でも今回それを知って驚いたのだが、今村勘十郎は若殿の乳兄弟という理由で切腹どころか国許で少々、謹慎といった程度の罰しか受けず、しかも三年経った今は江戸屋敷にいる母親が会いたがっているという理由だけで堂々と江戸へ出て来た。

「坪井どのがあっけにとられたのは江戸に出て来た今村が、早速、八丁堀の坪井どのの所へ手土産を持って挨拶に行ったことで、てっきり切腹していると思っていた坪井どのは開いた口がふさがらなかったと申されていました」

坪井三左衛門は直ちにそのことを上司に知らせ、三年前の関係者は啞然とし、同時に立腹した。

が、それ以上に困ったのは、坪井三左衛門と一緒に歩いている今村勘十郎を卯之吉が見たことである。

「麻太郎どのと源太郎はそれを目撃したわけですが……」

卯之吉は本能的に今村に不審を抱いて、その後を尾け、藩邸に入るのを見届けた。

寅吉に話をすると、いや、仇の今村勘十郎という侍はとっくに切腹させられている筈だと、坪井三左衛門から聞かされた通りを信じている。

それでもひょっとしてという思いから、寅吉は坪井三左衛門を訪ねた。

「坪井どのは実直な方なので、かくし切れずにありのままを打ちあけたのですな」

欺された、と寅吉も卯之吉も思った。

「二人が今村勘十郎を尾け廻しているのは、長助や小文吾達の知らせでわかりました。二人が怒るのも当然です」

今村勘十郎は性こりもなく吉原に遊び、深川で馬鹿さわぎをやっている。どちらの岡場所にも馴染の妓が出来て、三年前、二人の女を殺したことなど、罪の意識のかけらもない。

卯之吉と寅吉の動きに合せて、奉行所のほうも動いた。

「はっきり申しておきますが、我々は今村を助けるために働いたのではありません。卯之吉と寅吉に罪を犯させないためです」

仇討には違いないが、事件は三年前に闇に葬られ、しかも身分違いということもある。

「それに、相手は腐っても武士です。万一、卯之吉や寅吉が殺されでもしたら、とりかえしがつきません」

加えて、麻太郎と源太郎がこの一件に介入しはじめた。

「実は麻太郎どのの父上、神林様より、くれぐれも二人に怪我のないよう、心を傷つけることなく解決させよとお指図がありました」

東吾が笑った。

「兄上の親馬鹿には参ったよ。おかげで俺まで卯之吉の警固に狩り出されてさ」

麻太郎が両手を突いた。

「御心配をおかけして申しわけありません。ただ、わたし達ははじめて卯之吉に会った時、三年も生まれ故郷の江戸へ帰って来られなかったのは、つらい出来事を忘れるためだといったのが、どうにも気になって……」

「俺もあの一言が気になった。だから、源さんに話して卯之吉のことを調べてもらったんだがね」

それにしても蛙の子は蛙だと二人を眺めた。

「調べる段取りなんぞは堂に入っていたよ」

「おだてないで下さい」

珍しく源三郎がきびしい調子になった。

「他人《ひと》のことに気を奪われるのは早すぎます。今は自分をみつめ、自分を鍛える時期で、よそ見をしている場合ではないのです」

源太郎が神妙に頭を下げた。

「父上、お許し下さい」

「麻太郎どのを、つまらぬことに巻き込んではならぬ」

麻太郎が詫びた。

「いいえ、手前も同罪です」

るいが素早く間に入った。

「もう、よろしゅうございましょう。お二人をみていると、むかしむかしの畝様とうちの旦那様にそっくりで……」

お吉もなんの気なしにいった。

「本当でございますよ。やっぱり、血は争えないものでございますねえ」

東吾だけがどきりとし、あとのみんなは声を上げて笑っていた。

今村勘十郎の仕えている藩からは重役が奉行所に対し、無礼を働いた悪者を捕えて厳重に処罰するよう申し入れがあったが、応対した奉行から、

「それはよろしいが、すべてを公けにすると、仮にも武士たる身が、船頭風情に手ごめにされ、縄目の恥を受けたことも天下に知れ渡りますが、それでもかまいませぬかな」

といわれて鳴りをひそめた。

間もなく知れたのは、今村勘十郎が母親のとりなしもむなしく藩主の厳命で出家させられ、国許の寺に押しこめられたことであった。

卯之吉及び寅吉にはなんのおとがめもなく、卯之吉は両親と姉の法要をすませると、初春を江戸で迎えることもせず、上方へ帰る樽廻船に乗ることを決めた。

「北前船っていうのはな、樽廻船や菱垣《ひがき》廻船のように荷主が船主に頼んで物を運ぶというのと少々、違うんだよ」

北前船は買積船といい、荷主が即ち船頭という場合が少くない。

「つまり、船頭が自分の才覚で仕入れた品を積んで売りに行き、港々で仕入れもするし商売もする。水夫も帆待《ほまち》といってね、自分で買いつけたものを、きまりの量だけ船に積んで行けるんだ。で、港へ入って風待ち、つまりは帆待だが、その間に相手をみつけて自分の商いをする。だから、普通の水夫よりも腕次第ではけっこう稼ぎがあってね。やがては自分も船持船頭に出世する者が少くないそうだ」

東吾の話に麻太郎と源太郎もしんと耳をすませている。

けれども、一緒に聞いているお吉にどうしても合点出来ないのは酒田から江戸まで船で来る時、西廻りだと佐渡の小木から能登、但馬、石見、長門と下って瀬戸内に入り大坂、紀伊、伊勢、伊豆を廻って七百十三里の遠さだというのに、運ぶ米百石につき運賃は金二十一両、にもかかわらず東廻りで津軽海峡を抜け、三陸沖から鹿島灘、房総とたどると四百十七里で、そのくせ、米百石の運賃は二十二両二分という点であった。

「道のりは西廻りのほうが倍近く遠いんですのに、運び代がお安いというのは何故でございますか」

と東吾に訊き、

「それは、東廻りのほうが海が荒れて危険を伴うからだよ」

と教えても、なんとなく首をひねっている。

第一、一年の大半を船で暮すなど気が知れないと思っているので、麻太郎や源太郎が、

「いつか、わたし達が船頭になったら、お吉さんを乗せてあげるから、沢山、自分の荷を積んでお金もうけをするといい」

なぞというと、

「とんでもないことでございます、桑原、桑原」

と首をすくめている。

江戸はやがて師走、江戸湾に今年一番の酒を積んで上方からの樽廻船の入津《にゅうしん》する季節であった。

猫絵師《ねこえし》勝太郎《かったろう》

一

この秋、深川佐賀町にある長寿庵の長助の家の飼猫が六匹の仔を産んだ。父親はどこの誰やら定かではないが、誕生した仔猫はみな母親そっくりの灰色の虎猫で僅かに足首のところだけが白い。

母猫は四本足とも白い四つ白だが、仔猫は前足二本だけが白いのが一匹、あとは前後左右各々、一本だけが白いのが四匹、残る一匹は母親そっくりの四つ白であった。

六匹の仔猫達は比較的、幸運で、まず、長助に手札を与えている定廻り同心の畝源三郎が家族に話をし、早速、長男の源太郎が妹のお千代《ちよ》と長寿庵へやって来て左前足が白い一匹を貰う約束をし、続いて大川端町の旅籠《はたご》「かわせみ」からるいが千春を連れて来て、右前足の白いのを選んだ。

翌日は、なんと八丁堀の組屋敷から神林通之進の妻である香苗が麻太郎と来て、前足二本が白いのを決めた。続いて本所から麻生宗太郎が花世にねだられたと、左後足の白い仔猫を、更に畝源三郎が妻の実家の蔵前の札差「江原屋」で一匹欲しいといっているからと右後足の白いのを予約して行った。

一匹残ったのは、母親と一緒に長寿庵で飼ってもよいと思っていたのに、たまたまやって来た永代の元締の文吾兵衛が、

「うちの居候に無類の猫好きがいるので、もらって行ったら、さぞ喜ぶだろうから……」

といい出して、これも貰われ先が出来た。

ともあれ、六匹の仔猫は乳離れを待って、各々、鰹節一本を背負って、

「まあ、人間でいえば玉の輿じゃないか。こんな幸せな猫は滅多にあるまいよ」

と近所の評判になって各々の新しい住み家へ抱かれて行った。

六匹の仔猫の名は、畝家へ行ったのが「おたま」、かわせみのが「おはな」、神林家のが「雉太郎」、麻生家が「虎之助」、江原屋が「おしろ」、文吾兵衛のところのが「大吉」と披露された。

やがて江戸は十二月。

十三日に、神林東吾が軍艦操練所の帰りに深川の長寿庵へ寄ったのは、この日が煤掃《すすはらい》だった故である。

もともと、暮の煤掃は十二月中旬以降の吉日をえらんで行うものであったが、江戸城

で、十三日と定めてから、まず諸大名がこれにならい、続いて一般の商家でもそれに準じた。

で、「かわせみ」でも今日は朝から嘉助とお吉が宰領して大掃除が行われる。なまじっか、そんな日に早く帰宅すれば、間違いなく邪魔にされると長年の経験でわかっているので大川端を通り越して、さっさと深川へ足をむけた。長寿庵ではこの日、夜明け前に煤掃をすませ、通常よりやや遅れて店を開けるというのを承知しているからである。

暖簾をくぐると、上りかまちの小座敷に麻生宗太郎の顔がみえる。

「なんだ、宗太郎も追い出され組か」

「東吾さんも邪魔っけにされた口《くち》ですね」

長助が釜場から笑顔をむけた。

「大方、もうお出で下さる時分だろうとお待ち申して居りましたんで……」

二階に炬燵が用意してあるといい、いそいそと二人を案内した。すぐに長助の女房のおえいが酒の仕度をして上って来る。

「どうも、毎年、厄介をかけるな」

少々、照れながら東吾がいい、おえいが手を振った。

「とんでもないことでございます。こんなむさくるしい所で申しわけございませんが、どうぞ、ごゆっくりなすって下さいまし」

運ばれたのは大根と蛸《たこ》の炊き合せで、これは長助の母親の自慢のお菜である。

「昨年、若先生も宗太郎先生も、おいしいと賞めて下さったので、おっ母さん、張り切ってこしらえたんです。変りばえもしませんけれど……」

他に鉄火味噌だの、板わさだの、長寿庵らしい酒の肴《さかな》が並ぶ。

「もう、かまわないでくれ。二人で適当にやるから……」

長助夫婦に声をかけ、東吾と宗太郎は盃を取った。

「そういえば、昨年もここで宗太郎と飲んだんだな」

「残念ながら、そのようですね」

「おたがい、もう少し気のきいた逃げ場所があってもよさそうなものだが……」

妾宅とまでは行かなくとも、吉原あたりに馴染の妓《おんな》でもあればなあと東吾が笑い、宗太郎が片目をつぶった。

「長寿庵なればこそ天下泰平ですよ。七ツ下がり（午後四時すぎ）の雨と中年になっての色恋はやまないといいますからね」

「俺達は中年か」

「老年といわないところが華ですよ」

「冗談じゃねえ」

「光陰矢の如し、人も亦《また》、すみやかに年をとるものです」

「医者ってのは、だんだん坊主に似てくるんだな」

へらず口を叩きながら酒を飲んでいると、長助が新しい徳利を運んで来ながら告げた。

「畝の旦那が、おみえんなりました」

「驚いたな。定廻りの旦那も行き所なしか」

東吾の声に、畝源三郎が笑いながら上って来た。

「そういうわけではありません。お二人が二階にとぐろを巻いていると聞いたので、面白いものをみせてあげようと思いましてね」

長助から盃を受け取って、まず一杯を飲む。

「来年は虎猫が流行るかも知れません」

「なんだと……」

「こんなものが、評判になっていましてね。大変な売れ行きなんだそうですよ」

懐中から出したのは二枚の錦絵であった。

一枚は七福神が勢揃いをしている図、もう一枚はその七福神がそっくり宝船に乗っている図であった。珍しいのは、七福神の顔が虎猫で、その表情がなんとも愛らしい。

「なんだ、こりゃあ」

「みた通りの猫の七福神です」

今月に入って近江屋というこういったものを扱う店で売り出されたのだが、あっという間に人気が出て再版が間に合わないほどの売れ行きだという。

長助もそばからいった。

「なんでも猫の顔が福々しくてかわいいってんで女子供がとびついたそうでございます。

深川の芸者衆などにも評判のようで……」

「いったい、誰の作なんだ。いずれ名のある浮世絵師だろうが……」

「そいつがわかりませんので……」

「わからぬ……」

「なにしろ、猫としか書いてねえそうで……」

宗太郎が七福神の絵を眺めた。

「成程、猫ですね」

作者が署名をするあたりには猫の一文字しか書かれていない。

「名のある絵師が故意に名を伏せて猫と洒落たんでしょうが、そんなことも、この絵の人気になっているようですよ」

長助の女房が持って来た蕎麦を威勢よくたぐって源三郎がいう。

「源さん、この絵が何か事件にかかわりがあるのか」

以前、鯉魚《りぎょ》の絵をめぐって殺人事件が起ったのを思い出して東吾が膝を進め、宗太郎もさりげなく盃をおいた。

「残念ながら、今のところ、何も起っていません」

あっという間に蕎麦を食べ終えて、盃の酒を干した。

「拙宅の女房が評判をきいて、江原屋の奉公人に買って来るよう頼んだのですな。今日、蔵前を通ったら、番頭が今から届けるところだと申すので、荷になるほどのものでもなし、手前がもらって来たのです」

「それだけのことなのか」

「東吾さん、いくら手前が定廻りでも、そういつでも事件を背負って走り廻っているわけじゃありませんよ」

二枚の錦絵を懐中にして立ち上った。

「では、手前はもう少し廻る所がありますので、お先に……」

長助を従えて、颯爽と梯子段を下りて行った。

「やられましたね」

手酌で飲みはじめながら、宗太郎が笑った。

「源さんもやきが廻ったな。女房子へ土産の猫の七福神をみせびらかすなんぞ、八丁堀の風上にもおけないよ」

「こっちも、煤掃の邪魔者にされて、蕎麦屋の二階で暇つぶしをしているんですから、きいたふうなことはいえません」

長助が熱燗の徳利をお盆にのせて上って来て、東吾と宗太郎は腰をすえて飲みはじめた。

二

翌十四日、るいは築地の茶道の師匠の家で催された茶会に出席した。

十二月十四日は元禄の四十七士の討ち入りにちなんで茶事の催しをするところが多い。夕刻に終って、るいはかなり暗くなった西本願寺の裏を抜けて家路を急いでいた。

むこうから男が一人、見たところ武士ではない。といって町人にしては珍しく、くくり袴《ばかま》のようなものを着《つ》けている。老人かと思えば、歩き方が若かった。

他に人っ子一人通らない道だが、この時のるいは別に相手に警戒心を持ったわけではなかった。

男はやがてるいとすれ違って西本願寺の方向へ行く。るいもそのまま亀島川のほうへ急いだ。

はっとしたのは、背後に誰かが追って来るような足音を耳にしたからであった。

ふりむくと、暗い道を男が走って来た。しかも、るいがふりむいたのと同時に足を止める。

なんだろうといぶかりながら、るいは歩き続けた。さりげなく、もう一度、ふりむいてみると、男はまだ先刻の場所に立っている。

誰かと間違えたのかと、るいは安心して更に足を早めた。

尾けられていると気づいたのは、新川のへりまで来てからであった。すでにとっぷりと暮れていたが、この道は商家が軒を並べているので提灯なしでもそう困ることはない。

空には満月に近い月が上っている。

気のせいかと思い直しながらるいは小走りになった。自分には尾けられるおぼえは全くない。

角を折れる時に見た。あの男であった。

くくり袴をはいている姿は、かなり遠くともよくわかる。

どうしようと考えた。このまま、家まで走るか、八丁堀の組屋敷へ向って畝家か、神林家へかけ込むか。気持は大川端へ向っていた。

他家へ逃げ込んで、もし、自分のかん違いだったら恥かしい。

思い切って我が家への道をまがった。とたんに前方に人影がみえた。提灯を手にしている。背が高い。

「るいか」

るいは声が出なかった。必死で走る。

「おい、どうした」

東吾が走って来て、るいはその懐にとび込んだ。

「誰かが……あとを尾けて……」

東吾がるいを背中に廻して前方をみた。

男が道をまがりかけ、慌てて戻って行った。

「今の奴か」

るいの返事を待たずに走って辻まで行った。

だが、それらしい男の姿はない。足をひきずるようにしてるいが近づいた。

「くり袴をはいた人だったんです」

あたりを見廻したが、人影はない。

「あなた、帰りましょう。私の気のせいかも知れません」

「どの辺から尾けられたんだ」

「はっきりしないのですけれど」

大川端へ向いながら、るいはくり袴の男が最初は前方から来て、すれ違ってかなり行ってから戻って来たことを話した。

「男の顔はみたのか」

「いいえ、あの辺は武家屋敷ばかりですし、私も、むこうも提灯を持って居りませんでしたから……」

「年恰好は……」

「それほどの年とは思えませんでした」

老人という感じではなかった。

「かわせみ」へ帰り着くまでの間、東吾は何度となく後をふり返り、道の前後を確認したが、るいがいうような男の姿は見つからなかった。

「まあまあ、やっぱり途中でお会いになれましたんですね。番頭さんとどこかで行き違いになりはしないかって、心配してましたんですけども……」

安心したように出迎えたお吉が、るいの顔色をみて慌てふためいた。

「なにかございましたんで……」

「変な奴に尾けられたんだ」

東吾の返事に、嘉助が顔色を変え、るいは笑顔でかぶりを振った。

「たいしたことではないの。あたしの錯覚かも知れない」

「やっぱり手前がお供をして参ればようございました。この節はろくでもない若い連中がうろうろしているようで油断もすきもありゃあしません」

「大丈夫、こんなお婆さんに誰が何をするものですか」

千春が奥からとんで来て、るいはいつもの母親の表情を取り戻し、その話はそこで終った。

東吾はるいに対して、出かける時はそれが近所であっても必ず供をつれて行くようにいい、嘉助もお吉も気をつけることにしたが、るい自身は一夜過ぎるとそれほどに思わなくなった。尾けられていると感じたのは、自分の早とちりだと考えるようになっていたし、いい年をしてあの程度のことで大さわぎをしたのが恥かしい。

それに、日頃のるいは滅多に外出することがなく、大方の用事は女中頭のお吉か、お吉の代理がつとまるようになって来たお石が片づけてしまう。

年の暮の宿屋は大方の客が江戸での用事をすませて帰国するので、格別のことでもない限り長逗留する客はいない。

千春が可愛がっていた仔猫の姿が見えないとるいに訴えた時、るいは店先で歳暮の挨撈に来た出入りの呉服屋と世間話をしていた。

たまたま、嘉助は明朝出立する客の部屋へ呼ばれて行っていた。

で、帰って行く呉服屋の手代を送りがてら店の外へ出て、

「おはな……おはなちゃん」

とあたりへ呼んでみた。

宿屋商売は、万一、客の中に猫嫌いがいないとも限らないので、お吉が千春と一緒になって、店先や客部屋のほうには行かないように仔猫に躾《しつけ》をし、おはなと名づけられた仔猫もなんとなくそのことを理解したものか、まず住居のほうと庭ぐらいしか出歩かない。

とはいっても、そこは畜生のことだし、猫は屋根の上であろうと植込みの下であろうと自在に通り抜けられるので、うっかり店の外へ出てしまうことがないとはいえない。

「かわせみ」の前の道は、けっこう人通りが多かった。暮のことではあり大八車も往来するし、季節柄、正月用の門松を積んだ馬も行く。

おはなはけっこう好奇心の強い仔猫で、見馴れないものがあると、すぐ近くまで行って飽きもせず眺めているようなところがあるのだが、まさか往来までは出るまいと思いながら豊海橋の方角へ出て行くと、帰って行く呉服屋の手代が、

「御新造様、ひょっとして、あそこにいる猫ちゃんでは……」

と指す。

そこは往来からやや川寄りにひっ込んだ空地で、一人の男が大川へむいて石に腰を下し、なにやら筆を動かしている。その脇に仔猫が一匹、ちょこなんとすわって男のすることを眺めていた。

虎縞の毛並に右の前足の先が白足袋でもはいたように白い。

「まあ、うちのおはなです。どうも、ありがとう」

るいが礼をいうと、呉服屋の手代は笑いながら小腰をかがめ、忙しそうに豊海橋のほうへ去った。

「おはな……これ、おはなや」

声をかけながら空地へ入って行くと、おはなは慌てたようにるいへむかって走って来る。

男が猫の動きに従ってこちらをむいた。

るいがどきりとしたのは、その男がくくり袴をはいていたからであった。

だが、冬の陽の下で見る男の顔は穏やかで、どこか人なつこい。年齢《とし》はせいぜい三十そこそこでもあろうか。

男が丁寧に頭を下げた。

「そちらの猫でしたか。あんまりうちの大吉に似ていたので……」

男は手に何枚も束ねた紙を持っていた。その一番上の一枚にどうやら猫を写生したようなのが見える。

おはなが足許へ体をすりつけるので、るいは仔猫を抱き上げた。

「お宅様も猫をお飼いになっていらっしゃいますの」

「はい、もっとも、手前の飼猫ではなく、手前が厄介になっている元締の猫ですが、毛並などはそっくりで、ただ、元締のところのは四本の足の先が白いのです」

で、るいは気がついた。

「失礼でございますが、あなたが元締とおっしゃったのは永代の……」

「文吾兵衛さんです」

「でしたら、うちのおはなの兄弟ですよ」

「やっぱり、長助さんのところの仔猫でしたか」

自分は猫《うち》が大好きで、長寿庵に仔猫が誕生した時、見せてもらって、まだ目もろくにあかない中から母猫ともども絵に描かせてもらっていたといった。

「絵をお描きになりますの」

絵師なら、くくり袴を着けていておかしくない。

「未熟者です」

手にした猫の絵に視線を落したので、るいはいった。

「みせて頂けますか」

「どうぞ」

それは、おはなを写生したものであった。

少しばかり首をかしげている恰好が、おはなの特徴をよく捉えている。

「おはなにそっくり……よく描けていますこと……」

「お気に召したら、もらって下さい」

恥かしそうな目が漸く正面からるいをみつめた。

「よろしいのですか」

「もらって下されば、嬉しいです」

「ありがとうございます。娘が大喜びします。でも、本当に頂いてしまってよろしいのですか」

「ええ、勿論です」

「お嬢さん」

という嘉助の声がした。

「かわせみ」の店のほうから、千春を抱いた嘉助が表へ出て来ている。

るいが笑いながら、そっちへ手を上げ、くくり袴の男は、

「では、ごめん下さい」

と頭を下げて豊海橋の方角へ歩いて行った。

「お母様、おはな、みつかりましたか」

千春が呼び、るいは去って行った男に心を残しながら娘のほうへ戻った。

三

仔猫を描いた一枚の絵を千春は大喜びし、一緒に眺めた嘉助とお吉も、えらく感心した。

「なんですか、おはなちゃんが生きてるように見えますですね」

といったのはお吉で、嘉助は、

「実によく描けていますが、なんと申しますか、これまでに手前が見た猫の絵とはどことなく違うように思います」

東吾は猫の絵を描いた男がくくり袴だったことを気にした。

「るいが尾けられたのは、その男ではなかったのか」

「まさか」

るいがはっきり否定した。

「世の中に、くくり袴をおつけになる方は一人きりとは限りませんでしょう」

絵師の他に医者でもくくり袴を愛用する者がいるし、年をとって来るとくくり袴のほうが具合がよいという人は少くない。

狸穴《まみあな》の方月館の主、松浦方斎《まつうらほうさい》も平素はくくり袴を好んでいた。

「そりゃあまあ、そうだな」

その時は笑っていた東吾だったが、翌日、軍艦操練所の仕事が終ると、足を深川へのばした。

永代の元締と呼ばれている文吾兵衛の家は三十三間堂の裏にある。

よく磨き上げられた格子の前に東吾が立つと、すぐに文吾兵衛が内側から戸を開けた。

「小文吾の奴が二階に居りまして、若先生がこっちにお出《い》でになるのが見えたと申しましたんで……」

笑いながら丁重に奥の部屋へ案内する。

すぐに小文吾が自分で茶と菓子を運んで来たが、一緒について来たのが虎縞の仔猫であった。成程、「かわせみ」のおはなにそっくりである。

「これが、たしか大吉だな」

東吾が仔猫の頭を撫で、仔猫は身をすくめるようにしてにゃあと啼いた。

「早速だが、この家に猫好きの絵師が厄介になっているだろう」

「勝太郎さんが何かしでかしましたか」

文吾兵衛が応じ、東吾は懐中して来た猫の絵を出した。

「昨日、こいつを描いてもらってね。家中が大喜びだったんだが、内儀さんが何か礼をしたいが菓子が好きか、酒飲みか、一向にわからない。いっそ、永代の元締の所で聞いたほうが早かろうってんでね」

小文吾が安心した表情をみせた。

「勝太郎さんはあんまり酒はやりません。どっちかというと甘いものですが……」

「今日は在宅か」

「本所の麻生先生の所に、仔猫の写生に出かけていますんで……」

花世に頼まれたといった。

「実は、うちの大吉を写生した絵を、お姫《ひい》さんにみせたら、どうしても虎之助を描かせろってんで……」

文吾兵衛一家は本所の麻生家の花世を「お姫《ひい》さん」と呼んで忠実な家臣のようにふるまっている。

「勝太郎というのは、どういう絵師なんだ。なかなかの腕だと思うが、どこかの大名家にでも奉公していて、何かしくじりをやらかしたんじゃないのか」

東吾がそんな推量をしたのは、文吾兵衛の稼業が大名家への口入れをしているからであった。

多くの大名は幕府の定めによって一年おきに江戸と国許を往復する。参勤交替の制度の故だが、それぞれの格式に応じて大勢の供揃えをするには莫大な費用がかかり、その道中、荷をかついで供をする男達を平素から召し抱えておく余裕はまずなかった。で、宿場ごとに人足を調達して行くのだが、江戸を出る時、又、江戸へ入る時はとりわけ格式通りの行列を整えねば具合が悪い。その人足の調達をするのが、文吾兵衛の主な仕事であった。つまり、大名家へ出入りすることが多いので、時折、厄介事の始末を頼まれたりもする。

だが、勝太郎の場合は東吾の推量がはずれた。

「あいつは別になにかをしでかしたというわけではございません」

父親は東北の某藩の下級武士だったが、すでに歿っていて、今は勝太郎の弟が跡を継いでいるという。

「そちらの御藩中の方から聞いたことでございますが、勝太郎さんは子供の頃から絵を描くのが好きで国許の絵師の手ほどきを受けていたそうですが……」

十五歳の時、日頃から勝太郎の画才を認めていた藩主の菩提寺の住職が、古くなって破れた襖《ふすま》を新しくする際、その襖絵を描かせたところ、それは見事な出来で、多くの人の賞讃を受けた。

「当人も絵師となって身を立てたいと願ったもので、結局、周囲の人が按配して、二つ違いの弟に家督をゆずって勝太郎さんは江戸へ修業に出て来たわけでして……」

そこで文吾兵衛がちょっと声を低くした。

「勝太郎さんは何もいいませんが、藩の方々の話ですと、その弟さんというのは母親違い、つまり、勝太郎さんの本当の母親は勝太郎さんを産んだ後、産後の肥立ちが悪くて歿ったんで、すぐに後妻さんが来た。弟さんはその後妻さんの子で、勝太郎さんが絵師になりたいという気持があるのを利用して、後妻さんが我が子を跡継ぎにするよううまく持って行ったんだと、うがったことをおっしゃる方がございました」

「勝太郎に、他に兄弟は……」

「姉さんが一人、こちらは器量のぞみで御城下の裕福な商家へ嫁がれたとか」

「江戸へ出て来て、勝太郎はどこで絵の修業をしたんだ」

「それは、木挽《こびき》町の狩野雅信先生の所だと聞いて居ります」

「そいつはたいしたものじゃないか」

どちらかといえば、絵や書にはうとい東吾でも、狩野雅信といえば将軍家の御用絵師と承知している。

文吾兵衛もうなずいた。

「なんでも木挽町の狩野様のお屋敷には弟子が六十人以上も寝泊りして修業にはげんで居りますようで……。勝太郎さんも十五年、そちらでお世話になったときいて居ります」

「一人前になったのか」

「お師匠様から故郷《くに》へ帰って藩の仕事をつとめ、弟子に狩野派の画風を教えるようにとお言葉をたまわったそうで……」

実際、勝太郎は師の許しを得て故郷へ帰って行ったのだと文吾兵衛は話した。

「それが、なんで江戸にいるのだ」

「わからないのでございます」

或る日、突然、勝太郎がこの家へやって来た。

「実を申しますと、勝太郎さんが江戸へ出て来た時、勝太郎さんのお姉さんの嫁ぎ先、北嶋屋さんとおっしゃる藩の御用商人でございますが、そちらから勝太郎さんをよろしくというお頼みがございまして、勝太郎さんも手前共に挨拶にみえられました」

以来、時折はやって来たし、文吾兵衛のほうも勝太郎の姉に代って、狩野家へ盆暮のつけ届けなどをしていた。従って、勝太郎がこの家へ来ること自体はなんでもないのだが、

「暫く厄介になりたいので何分よろしくと手を突いて頼まれまして……」

何故、江戸へ帰って来たかのわけを一切、いわないので、文吾兵衛は心配して藩中の知り合いに訊ねてみた。

そこでわかったのは、北嶋屋へ嫁いでいた姉が歿ったというのと、勝太郎は藩の知り合いに、まだ修業が足りませんのでと挨拶をして故郷を去ったのだという事実であった。

「修業が足りないというからには、木挽町の狩野家で修業を続けているのか」

今度は住み込みではなく、文吾兵衛の家から通っているのかと東吾は思ったのだが、

「木挽町の狩野様には全く顔出しをされて居りません」

といって別の師についた様子もなく、毎日、ふらりと出かけて行っては写生をして帰って来る。

「それも、小文吾が気づきましたのですが、猫ばかり描いているようでして……」

ただ文吾兵衛としては、この先、勝太郎がこの家に居候をきめ込むのは一向にかまわないし、とことん面倒をみる気持でいるといった。

「手前も小文吾も、勝太郎さんの描く猫が気に入って居ります。それに、あの人の心の中には人にいえない苦しみがあるようだとも気がついて居りますので……」

なにもいわず、訊かず、そっと見守ってやりたいと、江戸一番の俠客は腹をすえている。

四

東吾が深川から帰って来ると「かわせみ」では長助が持って来た瓦版を前にして女達が大さわぎをしていた。

「いつぞや、若先生があっしの店の二階で畝の旦那からごらんになった猫の七福神、あの絵の作者が知れちまったんです」

木挽町狩野家の門弟で浅田勝太郎という絵師だと瓦版が書いている。

東吾が驚いたのは、畝源三郎にみせられたのと同じ猫の七福神の錦絵を千春が持っていたことで、

「あんまり評判なんで、千春嬢様にさし上げようと、うちの板前さんが浅草の歳の市へ出かけた時、頼んで買って来てもらったんです」

とお吉が得意そうにいった。

「こいつだよ、うちのおはなの絵をくれたのは……」

今、深川で文吾兵衛から話を聞いて来たと、成り行きで東吾は勝太郎の境遇をざっと

喋った。

「もしかすると、狩野様を破門になったんじゃありませんか」

いい出したのはお吉で、

「ああいう立派な絵を学んでいる人が、こういったものの下絵を描いたりしたら、お師匠さんからお叱りを受けるのでは……」

将軍様の御用絵師のお弟子が猫の七福神の錦絵で評判になっては、ただではすむまいと眉をひそめる。

「そういや、文吾兵衛も、修業のやり直しをするといって江戸へ帰って来たくせに、木挽町へは顔出しをしていないといっていたよ」

長助が膝を乗り出した。

「あっしが聞いたところでは、絵の修業ってのは大層、お金のかかるもので、木挽町の狩野先生のお弟子になるためには大層な入門料の他に、上のほうの御門弟の人々にも各々につけ届けをしなけりゃならねえとかで、とても貧乏人の悴なんぞが入れる所じゃねえそうです」

勝太郎が入門出来たのは、おそらく金持の商家へ嫁いだ姉の力によるものではないかという。

「しかし、その姉さんは歿ったんだ」

東吾が憮然とし、お吉が膝を叩いた。

「ですから、七福神の下絵を描いてお金を稼いだんですよ。でも、それがお師匠さんにばれて破門じゃ、なんにもならないじゃありませんか」

誰が瓦版になんぞ売り込んだのだろうと、ひとしきり騒ぎ立てて、やがて長助が帰り、お吉も台所へひっ込んでから、るいがぽつんといった。

「勝太郎という人、お気の毒ですね」

今にして思えば、空地でおはなの絵を描いていた後姿が寂しそうだったと呟いている。

「しかし、瓦版には破門されたとは書いてなかったぞ」

「破門されるものでしょうか」

「俺にはわからねえが、まず奥絵師というのはお城の襖絵だの、板壁なんぞに絵を描くんだろう。そういう絵師の弟子が猫の七福神なんぞというふざけたものを描いて、おまけに瓦版ですっぱぬかれちまったら、相当にまずいだろうなあ」

「いい絵を描く人なのに……」

るいの視線が机の上の仔猫の絵へ向けられた。

「千春が、あの絵を床の間にかけられるようにしてくれと申しますの。お吉は出入りの表具師の所へ持って行く気でいますけど……」

猫の絵を床の間にかけてどうするのだといいかけて東吾は黙った。

八丁堀の兄の座敷の床の間には季節に応じた山水画や竹林の七賢人の人物画なぞが飾られている。いずれも狩野派の絵師の手になるものであった。しかし、

「千春が喜ぶなら、そうしてやればいい。俺には絵のことはわからないよ」

翌日、猫の絵は表具師の許へ届けられた。

「お正月にかけるんだから、なにがなんでも間に合わせてもらいたいと、よくよくいって来ましたから……」

得意満面でお吉が報告し、千春は手を叩いてはね廻ったが、東吾は少からず困惑した。

正月には兄が贈ってくれた千羽鶴の掛け軸と決っていた。正月中に兄がこの家へやって来て、床の間に猫の絵なぞがかかっていたら、なんと思うだろうと気が重くなる。

表具師も、このへんてこりんな絵をなるべく早く片づけてしまいたいと考えたのかも知れない。

正月にはまだ三日もあるという日の昼すぎに、猫の掛け軸は届けられた。

るいがひろげてみると、思ったより悪くない。お吉はもとより、心配していた嘉助までが、

「けっこう、よろしいものが出来ました」

というし、蕎麦粉を届けに来た長助にいたっては、

「勝太郎さんにみせたら、どんなにか喜ぶか。このところ、元気がないようで、永代の元締もだいぶ気にしていなさるんです」

などといった。

そういえば、この絵の礼もしていないとるいは考えた。

で、慌《あわただ》しく身仕度をし、お石をお供に日本橋まで行って上等の菓子を買い、いったん「かわせみ」へ戻って来ると、

「勝太郎さんって人が来たんですよ。長助親分から聞いたといって、是非、掛け軸をみせてもらいたいって……」

お吉が顔中を口にして知らせた。

「どうぞ上ってお待ち下さいって申しましたのに、裏庭でおはなちゃんの写生をしてなさいます」

と聞いて、るいはそのまま裏庭へ廻った。

日だまりに仔猫は寝そべって千春に首のあたりを撫でてもらっている。

勝太郎はその千春と仔猫を写生していた。

るいを見ると筆を止めて、丁寧にお辞儀をする。

「突然、不躾《ぶしつけ》にお邪魔を致しまして……」

「こちらこそ、勝手なことをしてしまって、失礼にならなければよいのですけれど……」

さあどうぞと庭から居間へ案内した。

千春は仔猫を抱いてついて来る。

猫の絵の掛け軸は居間の隣の部屋の床の間にかけておいた。

勝太郎はその前へ行って食い入るようにみつめている。

「けっこういい腕の表具師に頼みましたのですけれど、急がせましたので……」

隣にすわっていいかけたるいへ向き直って、

「ありがとうございます」

両手をついて頭を下げた。

「はじめてです。自分の絵がこうやって立派に表装されたのは……」

上げた顔に涙が光っている。

「そんなことはございませんでしょう。長いこと、木挽町の先生の所にいらしたのですから……」

師匠から、故郷で弟子を取ることを許されたほどの絵師ときいていた。

「いえ、はじめてです。木挽町で兄弟子の仕事を手伝って、それが表装されたことはあります」

代筆もしたといった。

「ですが、本当に自分らしい絵が、このように床の間に飾られるのを見るのは、はじめてでございます」

実はおわびをしたいことがあるとつけ加えた。

「この前、この絵を描いて居りまして、貴方様にお目にかかった時です」

不思議そうなるいへうつむいて話した。

「その前にも、手前は貴方様にお目にかかって居ります」

はっとしたるいに、深く頭を下げた。

「お気づきでしょうか」

「築地からの帰り道の……」

「手前はあの夕方、貴方様とすれ違いました」

声が慄《ふる》えて、低くなった。

「貴方様を……姉かと思いました。姉は歿っていたというのに……それなのに、気がついたら夢中で貴方様の後を尾けていました」

年上の余裕で、るいは微笑した。

「私が、あなた様のお姉様に似ているとおっしゃいますの」

「姉は田舎育ちです。貴方様にはとてもかないません。ですが……どことなく……」

「お姉様がお歿りになったこと、本当にお気の毒に存じます。まだ、そんなお年でもなかったでしょうのに……」

「いい姉でした。手前にとってはこの世でたった一人の……その姉を手前は不幸にしてしまいました」

部屋の中はひっそりしていた。

千春はいつの間にか仔猫を追って庭へ出て行ったらしい。

気がついて、るいは居間へ勝太郎を誘った。

長火鉢の前で茶の仕度をする。何かをしているほうが、相手が話しやすいのではないかと思った故である。

「手前の話を聞いて頂けますか」

前へおかれた茶碗をみながら勝太郎がいい、るいは自然にうなずいた。

「画業を学ぶにはお金がかかります。姉が嫁いだのは、手前の志を知ったからだと思います」

「でも、あちらから是非と望まれてお嫁《ゆ》きなさいましたのでしょう」

器量のぞみでと、東吾が文吾兵衛から聞いていた。

「ですが、姉の心にあったのは、裕福な家へ嫁ぐことで、手前の力になってやりたいという気持だったと思います」

実際、姉に強くはげまされなければ江戸へ修業に出るなどとは思いもよらなかったと勝太郎はいった。

「姉の力と、金のおかげで手前は狩野家の門弟になりました」

「一人前になられたのですもの、御苦労の甲斐あって……どれほどお姉様はお喜びになったことか」

「姉は死にました。手前が故郷へ帰ったのは、姉の野辺送りを見届けるためでした」

「さぞかし、おつらかったと存じます。でも、あなた様が藩公お抱えの絵師として多くのお弟子を取る御身分におなりになったら、泉下のお姉様も……」

「姉が生きていたら、その道を歩いたと思います。たとい、自分の絵が描けなくとも……」

「御自分の絵が描けないとおっしゃいますの」

勝太郎が隣の部屋の猫の掛け軸を眺めた。

「あのような絵は、狩野派では描けません」

「どうして……いけませんの」

「狩野派の修業は最初から最後まで模写です」

狩野家は徳川家の御用絵師となってから兄弟が三家に分れ、更に後にもう一家増えて四家になったと勝太郎は説明した。

「木挽町の狩野家は初代が早世して、次の常信《つねのぶ》という方が大層、秀れた絵師でした」

いってみれば、狩野家四家の中で木挽町狩野家が今日、最高の権力を持ち繁栄している基を作り上げた人物である。

「その常信の残した山水画、人物画六十枚を、およそ一年半かかって模写をします」

それが終ると、今度はやはり常信の花鳥図十二枚を模写し、更に、過去の狩野家の大家と呼ばれた人々の作品の模写を続ける。

「十年で師匠の許しを得る者もいますし、二十年かかっても駄目な者もいる。なんにしても、ひたすら模写です。あとは兄弟子の手伝い、師匠の手伝い……」

十五年、自分もその道を走り続けたと勝太郎は僅かに苦笑した。

「自分が模写したものは、そのまま手本になります。自分が弟子を教える時も……」

気を取り直したように、茶碗を取り上げた。

「素人が、よけいなことを申し上げてすみません。でも、大方の修業は師の業《わざ》を真似るところから始まるのではございませんか」

例えば、茶道でも茶の作法、その順序などは定まっていて、それを乱すことは出来ないとるいはいった。

勝太郎が飲み終えた茶碗を元に戻した。

「おっしゃる通りです。模写から自分の絵を生み出せばよい。実際、高弟の中にはそれをやりとげようとしている人達がいます。ですが、手前はどうしても狩野派の枠の中から抜け出せない。抜け出そうとすると、まるで違う絵になってしまうのです」

山水、人物、花鳥、なにを描いても中途半端な絵にしかならない。

「例外が、猫です。猫を描いている時だけ、心が解き放たれます。好きなように筆が動きます。ですが、猫の絵だけでは藩のお抱え絵師にはなれません。弟子にも馬鹿にされます」

第一、自分は狩野派の絵になんの魅力も感じていないといい切った。

「姉が生きていてくれれば、心にない生き方でも、それなりの立身を努力します。姉亡き今は、とても出来ません。するつもりもないのです」

生きるために、猫の七福神も描いた。

「狩野家で学んだ通りを描くより、ましだと思っています」

千春が猫を抱いて戻って来た。

あたりが夕暮れて来ている。

「つまらぬことをお話ししてしまいました。どうか、お忘れ下さい」

沓脱《くつぬ》ぎ石から庭へ下りた勝太郎に、るいは思い切っていった。

「猫だけお描きになるのもよろしいのではございませんか。あなた様のお描きなさる猫の絵は、たとい錦絵の七福神でも、みなが愛らしい、是非、手許におきたいと買いに走ります。難しいことはわかりませんが、よい絵とはそのようなものではないかと思います。あなた様のお心にかなう、本当にお描きになりたい絵をお描き続けなさることが、なによりもお姉様の御供養になると申しては、いけませんか」

勝太郎がるいをみつめた。今にも泣き出しそうにみえたが、泣かなかった。

僅かに頭を下げ、庭を抜けて裏口へ行く後姿がいじらしいようで、るいは縁側に立って、いつまでも見送っていた。

我に返ったのは、お吉の大声のせいである。

「どうしましょう。勝太郎さんがお帰りになる時、お菓子をさし上げるんじゃなかったんですか」

大晦日《おおみそか》の午後に、文吾兵衛が「かわせみ」へやって来た。

勝太郎が旅に出た、という。

「なんですか、自分の絵をみつけるためだと申しまして……必ず、自分の絵をみつけて江戸へ戻って来ると……なにも大晦日に出かけることはあるまいと随分、止めたんですが……」

どうしてもいうことをきかないので、小文吾が心配して品川まで送って行ったと苦笑している。

勝太郎は西へ向けて旅立ったのかと思い、るいはさりげなく大川の下流の空へ目をやった。東吾はまだ軍艦操練所から戻って来ない。

千春が文吾兵衛を相手に羽根突きを始めた。

梨《なし》の花《はな》の咲《さ》く頃《ころ》

一

江戸の元日は諸大名の総登城に始まる。

礼装に威儀を正した大名達の行列が早朝から江戸城大手門を入り、将軍に賀辞を述べる。それが終ると、大名は我が屋敷へ戻って家臣からの祝賀を受け、家臣は各々、上役の許へ新年の挨拶に廻る。

直参の旗本、御家人なぞもおおむね、それと同じく日頃、知遇を受けている上司や昵《じっ》懇《こん》にしている知己の間を年始に歩くので、武家地は終日、賑やかであった。

それにひきかえ、町人のほうは活動を開始するのが正月二日からであった。

元日は、いってみれば寝正月のようなもので、どこの家もまず外出はせず、ひっそりと家にこもって過す。

それは、商家が大晦日ぎりぎりまで店を開け、除夜の鐘を聞く寸前まで勘定取りにかけ廻るからで、本町通りの大店でも百八ツの鐘の音を聞きながら店を閉め、後片付けをし、それから主人に元日の挨拶をして寝ることになる。従って一月一日は家内で屠蘇《とそ》や雑煮を祝うものの、くつろいで骨休めとするのが慣例となっている。

大川端の旅籠《はたご》「かわせみ」でも廻礼の客を迎えたのは二日になってからであった。どこの家も似たようなものだが、七草までは年始に来る者が絶えない。

とりわけ、るいをはじめ、番頭の嘉助や女中頭のお吉が楽しみにしているのは、以前「かわせみ」に奉公していて嫁入りなどで暇をとった者が顔出しに来ることで、最初は夫婦連れであったのが、次第に子連れになり、その子が二人三人と増えて行くのに目を細めている。

五日に行徳から年始に来たお梅もその一人で、「かわせみ」が開業した直後に女中奉公に来て五年余り、それこそ主従共に馴れない宿屋稼業に試行錯誤を続けた時分の奉公人だから、るいやお吉にしても格別の親しみがある。

生まれは市川だが、嫁入り先が行徳の宿屋で、すでに三人の子持であった。

「こちらで教えて頂きましたことが、どれほど役に立ちましたか。つれあいも姑《はは》も、本当にお前はよい御家に御奉公出来て幸せ者だと申してくれます」

と年始に来る度に嬉しそうにいうお梅は今年は一人でやって来た。

「子供達は三人とも手がかからなくなりまして、姑がたまには身軽で行っておいでといってくれました」

それというのも、夫の一番下の妹で二年前に嫁いだのが懐胎したので、

「水天宮様へお詣りをして来るようにと申しつかりまして……」

江戸から行徳の宿へ来た客から、安産の祈願なら江戸の水天宮様が一番、御利益《ごりやく》があると姑《しゅうとめ》が聞いてのことだといった。

「芝の水天宮様のことですよ。あちらは毎月五日が御縁日で、この日だけ有馬様では御門を開けてお詣りをお許し下さるそうですから……」

打てば響くようにお吉が答え、るいがいった。

「それなら、お梅は芝の辺にはあまり馴染がないだろうから、お吉がついて行っておやりなさい」

日の暮れない中《うち》に早くと声をかけられて、お吉は慌てて仕度をした。

そこへ軍艦操練所を早じまいにして帰って来た東吾が、

「水天宮の初参りといえば毎年、凄い人出だそうだ。女二人で間違いがあっちゃあならねえから、俺も一緒に行ってやるよ」

そのまま、「かわせみ」の暖簾を出た。

三ガ日はやや天気が悪かった江戸も昨日から持ち直して気温が上り、その故かあちこちに廻礼の人の姿がみえる。

「お梅の所は三人共、男の子だったなあ。このあたりでもう一人、女の子が欲しいんじゃないのか」

歩きながら東吾がいい、お梅は、

「きかんぼうを三人も育てて、もうごめんだと思っていましたんですが、若先生の千春嬢様があんまり可愛らしいんで、もし、あやかれるならと、おるい様に申し上げましたんですよ」

貫禄の出た顔で笑っている。

「子供はいくらいてもいいものだ。もっとも、俺は、お梅がかわせみに居た時分、自分が子持ちになるなんぞとは夢にも思いはしなかったんだがなあ」

表通りに出ると商店は軒並み初売りをやっている。

「買い物があるなら帰りに寄ってやるよ、有馬家では暮六ツには門を閉めるそうだから」

東吾が女二人を急がせて、やがて芝の久留米藩邸にたどりついた。

成程、門を開いて両側には門番をはじめ、藩士が数人並んでいる前を参詣の行列は押すな押すなで入って行く。

「世の中にはお腹の大きな人が多いんですねえ。こんなに混雑するとは思いませんでしたよ」

とお吉がいうように、行列の中には妊婦も目立つが、お梅などと同じく妊婦の家族が代理でおまいりに来たと思われる者が少くない。

「ここの水天宮さんは元をただせば有馬家の屋敷神でね。御神体は水天竜王、まあ、筑後川の河童《かっぱ》だな」

わけ知り顔に東吾がささやき、お吉は目を丸くして、

「河童がなんで安産の神様なんですか」

と訊く。

「そんなことを俺が知るものか」

「やめて下さい」

お梅が手を振った。

「そんな罰当りなことをいったら、安産の御利益がなくなります」

まわりの人間が笑い出し、東吾は首をすくめ女二人をかばって参詣をすませた。

その帰り道、

「おかげさまで安産の御神符《おふだ》も授かることが出来ましてありがとう存じました」

改めて東吾とお吉に礼をいったお梅が、実は聞いて頂きたいことがあると遠慮がちに切り出した。

「まさか、御亭主とうまくいってないなんて話じゃないでしょうね」

とお吉が先くぐりをしたが、お梅の話というのは、自分の従妹《いとこ》に当る女のことだという。

新橋の近くまで戻って来て、東吾はちょっとした茶店をみつけて女二人を休ませた。団子だの汁粉だの各々の好みのものを註文し、つきあいに甘酒を頼んで、

「話とはなんだ」

とお梅をうながすと、懐中から一通の文を取り出した。

「あたしの実家は市川の在ですが、八幡《やわた》へ行ったところに親類が梨畑をやっています」

明和の頃に八幡の川上善六という人が美濃へ行って梨の作り方を学んで来てから年々、盛んになったものだとかで、白い花の咲く頃はまことにきれいだとお梅は目を細めた。

「正月に実家へ行きまして、その時に従妹のおせんに会ったんですが……」

おせんには子供の時から親の決めた相手があって、その男の生家も梨畑をやっている。

「ですけど、友三さんはおせんちゃんと夫婦になる前に働いて少しまとまったお金を貯めたいというので、江戸へ奉公に行っているんです」

文はその友三からおせんにあてたもので昨年の暮に着いた。

「読んでもいいのか」

東吾がいい、お梅は文をさし出した。

田舎育ちにしては、しっかりした字だが書かれている内容はとりとめがない。

要するに、金を貯めたいばかりに心ならずも危い道へふみ込んでしまった。近く、怖ろしいことが起るかも知れない。江戸では力になってもらえる人もなく、途方に暮れている、といった内容である。

「友三というのは、どこに奉公しているのだ」

東吾の問いに、お梅は不安そうな表情になった。

「最初は植木職人になるというので向島の植辰の親方の下で働かせてもらっているって聞いていたんです」

「植辰ならたいしたものだ」

江戸で名の知れた植木屋であった。大名家や大商人のところへ出入りをしている。

「ですけど、おせんちゃんの話では、今はそこにいないそうです」

「移った先はわからないのか」

「おせんちゃんには知らせて来ないし、友三さんの親達はずっと植辰さんにいると思い込んでいるんです」

「居場所がわからないのじゃ、どうしようもないじゃありませんか」

お吉が苦が苦がしげにいった。

「まさか、悪い仲間にでも入ったんじゃありますまいね」

江戸へ奉公に出たからといって短日月にまとまった金を手にするのは難しい。

「本町通りの大店に十三、四から奉公に出て、十年、二十年とこつこつ働いたところで所帯を持つことの出来ない人がたんといるんだから……」

お吉の言葉に、お梅が途方に暮れている。

「友三というのは、いくつだ」

「うちの兄さんと同い年ですから、ちょうど三十です」

江戸へ出たのは二十の時だとつけ加えた。

「十年か」

あせりの出る頃かと東吾は考えていた。

故郷には女房にする女が待ちかねている。働いても働いても思うように金が貯まらない時、人はふと魔がさすかも知れない。

「植辰で訊けば、何か手がかりがあるだろう。俺が明日にでも向島へ行ってやるよ」

その結果、なにかがわかったらお梅の許へ知らせてやると成り行きで東吾は受け合った。

「申しわけありません。若先生にとんだことをおたのみしまして……」

その夜は「かわせみ」に泊めてもらって、翌朝早い行徳行の船で、お梅は木更津河岸から発って行った。

二

「うちの旦那様はおやさしいから、すぐ厄介事をひき受けてしまって……」

東吾とお吉から話を聞いたるいは少々、眉をひそめたが、

「相手はお梅の従妹の許嫁《いいなずけ》だぜ。捨ててもおけないじゃないか」

といわれて苦笑した。

翌日、軍艦操練所の帰りに、東吾は深川佐賀町へ出た。

向島の植辰の家を教えてもらう心算《つもり》だったが、長寿庵には畝源三郎が来ていた。その前で、長助がなにやら訴えている様子である。

「源さん、なにかあったのか」

定廻りの友人の顔色を見て東吾が声をかけ、長助が慌てて立って来た。

「お出でなさいまし。どうも、うっかりして居りまして……」

東吾が入って来たことに気づかなかったのを詫びた。

「大事な話をしていたんだろう」

源三郎が苦笑した。

「座頭が殺されましてね」

「長助のお膝下《ひざもと》か」

長助が自分で熱い茶を運んで来た。

「いえ、川むこうの柳橋に住んでいる奴なんですが……」

「東吾さんは向島の植辰をご存じですね」

畝源三郎の口から、東吾の頭の中にあった名前が出た。

「植辰がどうかしたのか」

「座頭殺しの下手人としてひっぱられたのが、元、植辰で働いていた男だそうで、植辰のほうから、あいつは人殺しなんぞする奴ではないと訴えて来ているのです」

長助が源三郎の言葉を補った。

「柳橋界隈を仕切っているのは参造と申しまして、年齢《とし》は四十そこそこですが、なかなかしっかりした男でございます。証拠もなしにしょっ引くってことはまずなかろうと思うんですが……」

「下手人としてしょっ引かれた奴の名は……」

「友三と聞いて居ります」

東吾の表情をみて源三郎が訊いた。

「東吾さん、心当りがありそうですな」

「驚いたよ」

一昨日、お梅から聞いたままをてっとり早く喋った。

「友三が市川在の許嫁に出した文に、怖ろしいことが起るかも知れないと書いてあったわけですか」

ともかくも柳橋まで行きませんかと源三郎が誘い、東吾が立ち上った。

お供は長助と源三郎の小者の悟助の二人。

深川を大川沿いに新大橋まで来て神田側へ渡った。そこからはまた川沿いである。

風はなく、陽ざしには春の気配が感じられた。

殺された座頭は幸ノ市《こういち》、本名は幸吉といい、柳橋の袂、柳原同朋町《どうぼうちょう》に住んでいる。

幸ノ市の家の前には参造のところの若い者が立ち番をしていた。

友三の身柄は昨日の中に小伝馬町の牢へ送られたという。

「幸ノ市の死体の傍にぼんやり突っ立っているのを小女がみつけましたんで……」

したり顔でいうのに、長助が叱りつけるような調子でいった。

「畝の旦那がおみえになったんだ。とっとと参造を呼んで来い」

若いのが横っとびにとんで行ってから、東吾は幸ノ市の家を眺めた。

小さな家だが、少々の庭がある。柴垣の脇には椿の木があって赤い花を咲かせていた。

待つほどもなく参造が差配をつれてかけつけて来た。

「何か、手落ちがございましたんで……」

殺人事件が起ったものの、下手人はすぐに挙って牢送りになり、ほっとしていた矢先に定廻りの旦那に呼び出されて青ざめている。

「左様なわけではないが、下手人と目《もく》されて居る友三と申す者は、向島の植辰が身許引受人であり、且《か》つ、こちらの神林どのの奉公人とも縁続きである。御吟味に入る前に、証拠その他に不備があってはならぬ故、念のため参ったのじゃ」

源三郎が穏やかにいい、参造は納得した様子で頭を下げた。

差配が心得て玄関を開けた。

上ってすぐの六畳間が通《かよ》いで療治に来る者のための部屋で、薄い布団が一組敷いてある。

「幸ノ市は面倒みのよい按摩でして、この界隈で働くお店者《たなもの》なんぞは揉んでもらいたくても、まさか店へ呼ぶわけにも参りませんし、長屋住いでは家へ来てもらいも出来ません。そういった連中は、みんなここへ来て療治を受けて居りますんで……」

無論、上得意の客の所へは呼ばれて自分から出むいていたと参造はいう。

「けっこう流行っていたらしいな」

部屋を見廻しながら東吾が訊いた。

「奉公人はどうした」

家の中には人の気配がなかった。

「小女のおとみは通いでございまして、今は吉川町《よしかわ》の自分の家へ帰って居ります」

住み込みで働いていたのは下手人の友三だけだという。

「幸ノ市は盆栽が好きで、友三はその手入れやら雑用をしていたんで……」

「目の見えない者が盆栽か」

「いえ、幸ノ市は見えましたんで……」

子供の頃、目を悪くして親が将来を案じて按摩の修業をさせたのだが、なんの加減か少しずつよくなって片方は普通に見える。

「ですが、すでに市名《いちな》をもらっていましたし、療治をはじめていて評判もいい。片目とはいえ不自由には違いありませんので、そのまま按摩稼業を致して居ります」

「按摩だとお上が金貸しをお許しなさるからだろう」

ずばりと東吾がいい、参造は曖昧にうなずいた。

幕府は目の不自由な者を保護するために、金貸し業を営むことを許している。検校《けんぎょう》、勾当《こうとう》などというのは、盲人で琵琶や琴などを教えたり、或いは鍼《はり》や按摩の業にたずさわる者の階級で、座頭よりも上級だが、旗本や大名の留守居役のような身分の武士を相手に大金を貸し、高い利息を取っているというのは周知のことであった。

流石に座頭ともなると武士を相手にするのは滅多に居ないが、小商いをする者やその日暮しの者に小金を都合してやってその利息でけっこう貯め込んでいる者が少くない。

小さくとも一軒の家に住み、盆栽に金をかけるような暮しをしていたところをみると、幸ノ市というのも例外ではあるまいと東吾は見ていた。そういった連中は気が廻るので、参造のような御用聞きには日頃からつけ届けを怠らないにちがいなく、してみると参造の幸ノ市に対する評価は少々、割り引いて聞く必要がある。

「幸ノ市は家の中で殺されていたと申すが、それはどこか」

源三郎が話を本筋へ戻し、参造は奥の六畳へ案内した。

そこが居間で、幸ノ市は夜もこの部屋で寝ていたらしい。

今は火の入っていない長火鉢と座布団ぐらいしかおいていないが、

「布団が敷いてありまして、その上に寝巻き姿で倒れて居りまして……首に手拭が……」

「絞殺だな」

「へえ」

「みつけたのは、小女のようだが」

「左様で……朝、吉川町の家から参りまして……そこの障子が開いていたんで、のぞいたそうです」

　すると、幸ノ市が目をむいて倒れて居り、その傍に友三がいた。

「小女が隣へ知らせまして、そこから使が来て、あっしがかけつけました」

「その時、友三はまだその場にいたのだな」

「へえ、まるで石になっちまったように固まっちまいまして……」

「友三は犯行を認めたのか」

「あっしが、お前が殺《や》ったのかと申しますと、もしかすると、そうかも知れないと……」

「なんだと……」

「確かにそういったんで……自分のやったことにもしかもへったくれもねえだろうと怒鳴りつけますと、漸く恐れ入りまして……」

　友三が曳かれて行き、小女は具合が悪くなって自分の家へ帰って寝込んでしまった。

「幸ノ市の両親はもう歿って居りまして兄弟もねえもんですから、遺体は町内の者が世話をして、今戸の心光寺《しんこうじ》へ運びましたんで……」

　そこの住職と家主が知り合いなので無理に頼んだとのことであった。

「寺のほうも困っていますんで、今日中に弔いを出そうって話になって居ります」

　家の中には、これといって金目のものは見当らなかった。幸ノ市の贅沢は盆栽ぐらいだったのか。

「ですが、空巣が入っても困りますんで、うちの若い者が交替で立ち番をして居ります」

「金はなかったのか」

東吾が口をはさみ、参造は居間の仏壇を指した。

「そこの裏っ側に布袋に入った一分銀や小粒なんぞが、合せて五両少々、そいつはお上にお届けしまして、只今のところ家主がおあずかりして野辺送りなんぞの雑用をそこから出すようにとのお指図です」

幸ノ市の家を出て、吉川町へ足を向けたのは東吾が小女のおとみに会ってみようといい出したからだったが、行ってみるとおとみは着替えをしている最中であった。

「幸ノ市さんの野辺送りがあるって知らせが来ましたから……」

これから寺へ行くつもりだとまだ青い顔でいう。

「今戸へ行くなら送ってやろう」

東吾が決めて、着替えのすんだおとみを連れ柳橋から屋根舟に乗った。

参造はそこまで見送って帰って行く。

「あんたが、幸ノ市の死んでいるのを見つけた朝のことから話してくれないか」

舟が岸辺を離れてから東吾がいい、おとみは落ちつかない表情ながら話し出した。

「あたしは通い奉公で、朝は五ツ（午前七時）をすぎてから、あちらへ行くんです」

勝手口は友三が開けておいてくれるので、そのまま台所へ入って朝飯の仕度をする。飯を炊き、味噌汁を作ってから友三に声をかける。

「その頃には幸ノ市さんも起きますから、お膳を居間へ運ぶんです」

「幸ノ市は一人で飯を食うのか」

「一人じゃ旨くないからって、友三さんがお相伴をします。あたしは台所で頂きますが……」

ただ、昨日の朝はいつもと様子が違ったとおとみはやや口調が滑らかになった。もう参造や町役人からさんざん訊かれて話し馴れているといった感じである。

「お勝手口は開いていたんですけど、いつもならどこにいても顔を出す友三さんの姿がありませんでした」

「友三はお前が行く頃、どこにいるのだ」

「大抵、庭掃除か、水汲みか、薪割りをしていることもありますけど……」

なんにしても台所の近くにいて、おとみをみるとお早ようと声をかけるのが、昨日の朝はそれがなかった。

「台所の隣が三畳の部屋で、そのむこうが幸ノ市さんの寝ている六畳で……あたしは三畳へ入って家から着て来た綿入れの半纏を脱ごうとしたら、間の障子が開いているんです。なんの気なしにそっちを見たら幸ノ市さんが目をむいて倒れていて、その横に友三さんがいたんです。あとはどうやって隣の家へ行ったかおぼえていません」

今でもまだ夢の中にいるような気がすると涙を浮べた。

「お前が見た時、友三はどんな恰好をしていた」

「どんなといっても……突っ立っているだけで……」

「お前に何かいったか？」

「いいえ」

「隣へ知らせて、それからどうした」

「近所の人と外に立っていたら、鳶の頭《かしら》や参造親分が家の中へ入って行きました。それからお医者が来て……あとは参造親分からいろいろ訊かれて、その中に気分が悪くなったので家へ帰らしてもらって、昨夜《ゆうべ》っから、さっきまで寝ていました」

東吾が舟の中に用意されていた土瓶と茶碗を取って、おとみに勧めた。

「そいつは気の毒だったな。とんだめに遭ったものだ」

あんたはいつから幸ノ市の家に通い奉公しているのかと訊いた。

「もう五年になります」

最初は足を痛めて治療をしてもらいに行ったのがきっかけだったと茶を飲みながら告げた。

「若い頃から料理屋の女中をしていて、一日中、階段を上ったり下りたり、お膳をいくつも持っているので、けっこう膝を悪くするもんなんです。あたしも四十近くなんで膝が痛み出して……」

料理屋で働くのがつらくなっていた所に幸ノ市から飯の仕度をしてくれるだけでいいからと頼まれてすぐ承知した。

「体はずっと楽ですし、お給金もそんなに変らなかったものですから……」

おとみにとっては渡りに舟だったらしい。

「友三はいつからなんだ」

「あの人はまだ二年そこそこですよ。盆栽作りが上手で幸ノ市さんに気に入られたみたいですけど……」

気がついたようにおくれ毛を指でかき上げた。

四十そこそこで料理屋の女中をやめ、幸ノ市の家へ通うようになって五年というからには四十なかばになっているのだろうが、体つきには色気があった。女にしては大柄なほうで全体にふっくらしている。

「幸ノ市ってのは、いくつだったんだ」

東吾は首をめぐらして長助に訊いたのだったが、返事をしたのはおとみであった。

「来年五十って聞きましたけど……」

「女房なんぞは居なかったのか」

「女はお金がかかるから嫌だってのが口癖でしたよ」

男前は悪くないほうだし、小金が貯まっているから嫁のなりては多かろうと思うのに、当人にはまるでその気がなかったとおとみは笑っている。

「小金を貯めたっていうが、みつかったのは五両そこそこだというぜ」

東吾が伝法な口調でいい、おとみは黙って茶を飲んでいる。

幸ノ市はおとみにも手は出さなかったのかと東吾は考えていた。女は金がかかるといい、ひたすら金を貯めていた筈の幸ノ市の虎の子が五両というのは、どうも解せない。

「盆栽の他に、幸ノ市に道楽はなかったのか」

東吾の疑問に、おとみはさあと小首をかしげたきりである。

舟は大川を上って今戸の近くへ着けた。

三

心光寺に集っていた人々は何人でもなかった。隣近所のよしみでやむなく顔を出したというもので、あまり幸ノ市と深くつき合っていた者はいない。

幸ノ市の評判は可もなく不可もなくであった。道で会えば挨拶ぐらいはするが、それ以上のことはない。

町内で花見だ月見だと集って出かけるような場合も、

「あちらは目が不自由ってことなんで、声もかけにくくってね」

同じ理由で祭の寄付ももらいに行かなかったという。おとみの話では酒も滅多に飲まず、煙草も吸わない。飯のお菜に魚を買うのも三日に一度と決っていたくらいで、鰻などは療治に行った先で御馳走になるものと考えていた節がある。

畝源三郎が棺桶におさめられた幸ノ市の遺体を調べ終えて、ふと見ると東吾が鳶頭の勘次とそこに出ている供養の酒を飲みながらしきりに話し込んでいる。

坊さんが出てきて仏前にすわり木魚を叩き出したので、源三郎が東吾の傍へ行くと、彼も法要には列席する気はないようで、立ち上って本堂の外へ出た。

この季節のことで、もう暗くなりかけている。

「東吾さんは鳶頭に何を訊いたんですか」

源三郎が訊くと、

「勘次が知らせを受けて幸ノ市の家へかけつけて行った時、死体は氷みてえに冷たかったとさ」

勘次の言葉通りにいえば、氷のように固かったそうだと東吾は少し思わせぶりにいった。

「もう一つ、勘次とほぼ同じくらいに幸ノ市へ来た参造は友三をお縄にした後、友三の荷物を調べたんだがね」

住み込みで働いていた友三の身の廻りのものは着替えの他に下着などが少々で、所持金はほんの小銭ぐらいだった。

「参造というのは、気が廻るよ。通いのおとみの家を調べているんだが、こっちも行李の底に一両と二分、帯の間に紙にくるんでしまってあっただけだ」

「そんなことを勘次が東吾さんに話したんですか」

「参造に頼まれて、おとみの家を調べに行く時、若い者だけじゃ間違いがあっちゃあならねえってんで立合人について行ったんだと」

変だと思わないか、と東吾は肩を並べている友人にいった。

「幸ノ市の所で二年働いている友三が小銭少々しか持っていねえ。おとみのほうは五年も奉公しているんだ。その前は料理屋で働いていたんだろう。もう少しまとまった虎の子をかくしていてもよさそうなものじゃないか」

源三郎が苦笑した。

「女は着るものや、髪の道具に金をかけますからね」

「俺も勘次にそういってやった。ところが、勘次がいうにはおとみが住んでいる長屋にはこれといって所帯道具もないし、着るものは行李が一つ、着道楽どころか、櫛かんざしなんぞもろくなものがなかったんで、こいつは男にでも貢いですってんてんにされちまったんだろうと思ったそうだ」

「女の一人暮しは魔がさすといいますがね」

なんとなく合点の行かぬ顔で今戸橋の袂まで戻って来た。そこに屋根舟が待っている。

「やはり、友三に会ってみようと思います。一応、取調べを受けて、口書《くちがき》も取ってある筈ですが……」

小伝馬町へ行くといった源三郎に東吾は、

「俺は向島の植辰へ寄ってみる。なんなら久しぶりにかわせみへ寄らないか。あったかいものを用意させて待っているよ」

と誘い、源三郎は、

「では、道案内に長助をお連れ下さい」

大川の岸で別れて行った。

向島の植辰の家は綾瀬川を少しばかり上ったあたりにあった。

敷地は広く、さまざまの植木の他に大名家の庭にでも使いそうな石組が出来ている。

住居は藁葺《わらぶ》き屋根の百姓家のような造りで長助が声をかけると、初老と思われる職人が顔を出した。

「あいにく親方はお出先の仕事へ出かけて居りまして、まだ帰りませんが……お内儀《かみ》さんは居なさいます」

東吾が前に出た。

「実は以前、ここで働いていた友三について少々、訊きたいと思ってやって来た。その時分、友三と親しかった者はいないか」

職人が頭を下げた。

「友三はあっしの下で働いて居りましたんで」

奥から植辰の女房と思われる女が出て来た。

「お出でなさいまし」

と丁寧に挨拶をし、

「お上の御用でございましたら、どうぞ、こちらへお上りなすって下さいまし」

土間を上った囲炉裏《いろり》のある部屋へ招じ入れた。改めて、

「辰五郎の家内でございます」

と挨拶し、初老の職人を、

「家では一番、古くから働いてもらって居ります文吉と申します」

もし、友三についてのお訊ねなら、これが一番よく面倒をみて居りましたし、ここをやめてからも、時折、訪ねて相談などをしていたようですからお訊ねにお答え出来るかと存じます、と、行き届いた言葉であった。

「それは有難い」

早速、文吉と向い合った東吾に、文吉のほうから口を切った。

「友三のことでございますが、あいつは牢送りになったそうで、お裁きはもう決ったんでございましょうか」

東吾が相手の必死な表情を正面から受け止めた。

「植辰の者より、お上に対し、友三は断じて人殺しをするような者ではないとの訴えがあったそうだが……」

「それは、あっしがこちらの長助親分に申しましたことで……」

「しかし、友三は自ら、幸ノ市殺しを白状致して居る」

文吉が顔をくしゃくしゃにした。

「そこんところが、どうも納得出来ません。実はあっしは昨日の朝、といっても夜明け前でござんすが、友三の姿をみて居ります」

「なんだと……」

間もなく東の空が白み出す刻限に、文吉は厠《かわや》へ起きた。

この家の厠は外に造られているので、文吉は自分達の寝る棟から庭へ出て用足しに行く。

「職人は朝が早いんで、まあ、いつもそんな時刻に起き出します」

庭のむこうに人影がみえて、それが文吉へ近づいて来た。

「なんとか顔の見える所まで来て友三とわかりましたんで、おい、どうしたと声をかけましたところ、むこうはお早ようございますと挨拶をしましたんで、ちょいと待ってくんなといっておいて厠へ行きましたんですが……」

出て来てみると友三の姿がなかった。

「あっちこっち探し廻ったんですが、みつかりません」

気になりながら、若い者も次々に起きて来るし、朝飯前に片付けておかねばならぬ仕事もあった。

「夕方になって、うちの若い者が、幸ノ市が殺され、下手人が友三だと仕事先で聞いて来まして仰天しました」

すぐに柳橋へかけつけて行ったが、その時はもう友三がしょっぴかれて行った後のことで、とりあえず、日頃、顔見知りの深川佐賀町の長助の所へ出かけて友三という男の人柄なぞを逐一、弁護して来たのだという。

「世辞で申し上げるわけじゃございませんが、長助親分の後には神林様の若先生がおいでなさる。万に一つとお力にすがりたいと思いましたんで……」

長助がぼんのくぼに手をやって、東吾は苦笑した。

「それにしても、どうして友三が下手人ではないと思ったのだ」

文吉がうつむいた。

「あの男は到底、人殺しなぞしでかす奴ではないなぞという理由では、お上はお取り上げにならないぞ」

「ごもっともで……」

考えるようにしながら話し出した。

「職人でございますから、思っていることをうまく申せないのが歯がゆうござんすが……」

幸ノ市は何刻頃に殺されたのかと訊いた。

「死んでいるのを、小女のおとみがみたのが朝の五ツ（午前八時）すぎ、だが、続いてかけつけた鳶頭の話だと死体はもう固まって冷たくなっていたという」

つまり、死んでからかなりの時が経っているということだと東吾は説明した。

「少くとも、おとみが来る直前に殺されたのではないということだ」

「左様ならば、友三はここから帰って幸ノ市を手にかけたのではない。もしも、友三が殺ったのなら、その前の晩の中となりましょうか」

幸ノ市を殺しておいて友三が向島までやって来たのなら、おそらく逃げるか、自首するか、二つに一つを思い迷って文吉に助言を求めてのことではなかったかと文吉は訥々《とつとつ》と喋った。

「あっしが厠へ入っている間に逃げて、川にとび込むか、番屋へ自首したというのなら合点が参ります。よりによって、柳橋の幸ノ市の家へ帰って、死体の前でぼんやりしていたというのは、どう考えても平仄《ひょうそく》が合いません」

およそ、自分の知っている友三らしくないと文吉はいい切った。

「あいつは無器用で要領の悪い男でございますが、まっ正直でかげひなたのない仕事を致します。そんな奴がもし幸ノ市を殺したというならよくよくのことがあったに違いない。それにしては、その後の友三のやったことがどうも合いません」

「成程」

うなずいて東吾が訊ねた。

「友三は、ここをやめてからも時折、あんたを訪ねて来たというが……」

「この正月にも参りました」

「何を話した」

「幸ノ市の家へ奉公するのではなかったと後悔して居りました。金を貯めるのに夢中になってとんだことをしたと……」

「友三は、ここをやめる時、どのくらい金を貯めていたのだと思う」

「さあ、人の懐を勘定するのもなんでございますが……」

植木職人は最初の見習の間は無給が当り前だといった。

「親方の所へ住み込みで、食べるから着るから、みんな御厄介になります。その代り、こづかい銭ほどのものしか頂けない決りでして……ですが、三、四年もしてなんとか下働きが出来るようになりますと給金も出るし、いい仕事をすれば、お出先から祝儀が出ることもありますので……」

友三はおおむね、評判はよかったといった。

「小才《こさい》はききませんが、根《こん》の要る仕事を熱心にやりますし、手抜きってことを知りません。その辺を気に入って下さる仕事先がぼつぼつ出来たところで、幸ノ市のところへ行ってしまったので……」

こつこつ貯めていたとしても五両かそこらではなかったかと聞いて東吾は首をひねった。

「それだけの金を、友三は持っていなかったのだ」

幸ノ市の家に残された友三の荷物の中に金は殆どなかった。

「ひょっとすると、市川の実家へ送ったんじゃありませんか」

「そういうこともあるな」

幸ノ市の所では、友三にどれほどの給金を出したか知らないかといわれて、文吉は少し眉を寄せた。

「年に三両下さるというお話で……友三は大層、喜んでいました」

まだ一人前とはいい難い植木職人に年三両というのは高給であった。

「年三両なら二年で六両か」

その金も友三の荷物の中にはない。

「毎年、そっくり仕送りをしたということなのか」

そのあたりを友三に訊いてみると東吾はいった。

「金のことばかりにこだわるようだが、どうも今度の事件は金にかかわり合いがあるような気がするのだ」

「友三に申してやって下さいませんか。なにがあっても、俺はお前を信じていると……。もし、植木職人としてやり直しをする気になったら、親方にお願い申してやるから必ず気を落すなと……」

「承知した。友三は良い師匠を持って幸せ者だ」

文吉が怪訝《けげん》な顔をした。

「手前は別に師匠などではございませんが」

「友三に仕事を教えたのはあんただろう。友三が唯一、心のよりどころにしているのもあんたに違いない。立派な師匠さ」

四

東吾が「かわせみ」へ帰って来て半刻ばかりで畝源三郎がやって来た。

居間の長火鉢の上には鳥鍋がかかっていて、源三郎がすわるのを待っていたようにお吉が熱燗の徳利を運んで来る。

千春を寝かせに行っていたるいが奥から戻って来た時には、東吾は向島での話を大方、語り終えていた。

「文吉という職人のいったことは、的を射ているかも知れません」

気のおけない友人の家でのもてなしに少しばかり顔が赤くなっている源三郎が合点した。

友三を取り調べた岡本欽吾という役人から話を聞き、諒解を得て友三にも会って来たといい、

「まず、友三が何故、幸ノ市を殺したかについてですが、これがどうもはっきりしません」

肝腎のことなのに、友三の口が重く、たどたどしい。

「要するに、友三が暇を取りたいと幸ノ市に申し出たが、幸ノ市が許さなかったというのですな」

最初の約束で五年は奉公すると決めたのに、その途中でやめるというのならば給金は

一文も払わないといわれて口論になり、摑み合いになって気がついたら幸ノ市の首を絞めていた。

「幸ノ市がぐったりしたので仰天して家をとび出し、夢中で向島まで行ったのは、無意識に文吉に救いを求めてのことらしいのですが、文吉に声をかけられたとたん、本当に自分が幸ノ市を殺したのなら、文吉に迷惑がかかると気がついて、また柳橋へひき返したと申すのです」

幸ノ市の家へ戻ったのは、なんだか自分のしたことが夢のようで、どうも幸ノ市を殺したような気がしなかったからで、けれども、家へ戻ってみたら、幸ノ市は死んでいた。ああ、どうしようと途方に暮れている所におとみの声がしたと、友三は取調べに対して涙ぐみながら答えたのだという。

「すると、幸ノ市と友三がやめるやめないで争ったのは、かなり夜更けということになるな」

向島へ来たのが夜明け前であった。

柳橋から向島まで男の足なら、それほど遠くもない。実際、友三は文吉に声をかけられてから一刻足らずで柳橋へ戻って来たことになる。

「その点を、友三にじかにただしてみたのですが、友三の申すには宵の中に話をして、もの分れとなり、一たん、自分の部屋へ戻って寝たところ、深夜になって幸ノ市が部屋へやって来て、またいい争いになったと、それもしどろもどろで弁解したのです」

るいが新しい徳利の酒を源三郎に酌をしながら呟いた。

「一度、寝《やす》んでからいい争いのやり直しというのもおかしゅうございますね」

「幸ノ市が、友三が暇を取らないように、いろいろ考えたということかな」

東吾も首をひねった。

「何故、そうまでして幸ノ市さんは友三さんに執着したんですかね。奉公人なぞいくらもいるでしょうに……」

長火鉢に炭を足していたお吉までが不思議そうにいう。

「もう一つ、友三に確かめたことですが、友三は幸ノ市の首を絞めるのに、両手の指でと申しているのです。しかし、心光寺で幸ノ市の死体を検《あらた》めたところ、首に残っていた痕は明らかに紐で絞められたもの、それも真田紐《さなだひも》のような細いものではないかと思えるのです」

「手拭じゃなかったのか」

死体には手拭が巻きついていたと参造は報告している。

「手拭をよくよく細くねじれば……いや、あれはもっと細い紐ですね」

それと、東吾さんが気にしていましたからと源三郎は盃を干しながらつけ加えた。

「友三の所持金ですが、幸ノ市の家へ行ってからは、まだ一文ももらっていないそうです。友三はやめるに当って、二年分だけ払ってもらいたいと頼んだようですが……。植辰の所からいくらかもらっただろうと訊きましたが、それは使ってしまったとだけしか申しませんでした」

「それも、おかしいな」

少しでもまとまった金を貯めて市川へ帰ろうとしていた男であった。

「仮に植辰の所で五両貯めたとして、それをいったい、何に使う」

文吉の話では賭事も女遊びもしない堅物だと聞いている。

「まさか、幸ノ市の所へ来てから、急に賭事に凝り出したとも思えねえが……」

いい出して、東吾がふっと考え込んだ。

「幸ノ市は、金貸しもしていたんだな」

「その通りです」

「それで五両少々しか金がなかったというのは奇妙だな」

いくら借り手が小商いなどにしても、常に元手として、

「十両や二十両はおいておくものだろう」

「誰かが盗んだということですか」

「友三が幸ノ市を殺して向島まで行って戻って来るまでの間に誰かが幸ノ市の家を荒した」

「そう都合よく盗っ人が入りますかね」

「部屋の中は荒されていなかったのだろう」

「盗っ人が入った形跡があれば、参造が気づくでしょう」

少くとも、腕ききの御用聞といわれている男であった。

「あちこち物色しなくとも、幸ノ市の金のかくし場所を知っているのは、まず奉公人だろうな」

二人の奉公人の中、友三は除外しなければならない。

「おとみの家には大金はありませんでしたよ」

行李の中にかくしてあったのは一両と二分である。

「そこんところが、どうしてもひっかかるんだ」

金貸しをしていた幸ノ市の所持金が五両少し、当然、もう少しまとまった金を持っている筈のおとみも友三も素寒貧《すかんぴん》に近い。

「源さん、念のためだ。ねずみ取りを仕掛けてみないか」

翌日、長助が参造のところへ行き、午すぎに参造から町役人に伝達があった。

明日お上は幸ノ市の家の中を徹底的に調べることになった。天井裏から床下まで人足を繰り出して探索するので、それが終るまでは何人《なんぴと》も幸ノ市の家に出入りしてはならないとのことで、玄関も裏口も板が打ちつけられた。

家の中には入れないが、庭は縄が張りめぐらされただけである。

夜になっても、別に見張り番のような者はいない。

「何をお調べなさるのかは知らねえが、柳橋の参造親分が、あれだけきっちりお調べなすった後なんだ。今更、何が出て来るものかね」

などという憎まれ口が参造の子分達や鳶の若い者の間で叩かれて、正月早々、ろくでもない話だと町役人も苦り切っていた。

その夜更け、女が一人、あたりを窺うようにして幸ノ市の家の裏木戸に近づいた。くぐり戸のところで何やら細工をすると簡単に桟がはずれて戸が開いた。

勝手知った家のように、女は庭へ向い、盆栽の棚に近づいた。

月明りの中に浮んだ盆栽の数々は、主人が死んで手入れをする人もないせいか、夜寒の中でしょんぼりしてみえる。

女は手拭に巻いて来た出刃庖丁を出して、盆栽の鉢の土を掘りはじめた。少し掘っては手を入れて探り、やがて土の中から小さな包を取り出して開いてみた。月光に山吹色がきらりと光る。

参造と長助を伴った畝源三郎が女を取り囲んだのは、その時であった。

「おとみ、御苦労だったな」

幸ノ市の家の盆栽の鉢の中からは、油紙にくるんだ小判が次々に出て来て、総額で六百両というのが町内の人々を仰天させた。

御番所に連行されたおとみは畝源三郎の壺を心得た取調べに忽ち白状した。

幸ノ市は、おとみや友三の貯めた金を元金にして金貸しをし、利息で儲ける方法を教えた。

無論、おとみや友三には金貸し業のお許しは出ないから、金を幸ノ市があずかって運用するという方法である。

最初、高額の利息が入って来るので、おとみは安心してそれまで貯めた金を全部、幸ノ市にあずけたが、次第に幸ノ市は、利息はまとめて払ってやるといい出してなかなか金を渡さなくなった。友三のほうも同様だが、こちらは出した金が五両だし、お上の法に触れることをしているという不安があるので、おいそれと利息の催促も出来ず、こうした暮しを続けると怖ろしいことになると考えて暇を取る決心をした。

が、そのためにはあずけた五両と給金の六両は払ってもらわねば困る。

「幸ノ市は、なんのかのと理由を設けて金を出さず、しばしば友三と口論になっていたようで、それを見ているおとみも幸ノ市に不信の念を抱くようになったわけです」

もう一つ、おとみは気になることがあって一日の仕事を終え、一度、吉川町の長屋へ帰ってから深夜に木戸を細工しておいて、そっと庭に忍び込み、様子を窺うということをはじめていた。

「目的は幸ノ市の金のかくし場所を知ることで、おとみはどうも盆栽があやしいと気がついていたようです」

果して或る晩、幸ノ市が指図して友三が盆栽の中に金をかくすのを目撃した。

「友三のほうは幸ノ市の金を盗もうなんぞという考えは全くありません。そういう人柄を幸ノ市も承知していて、友三をやとったというところでしょう。更にいえば、友三は幸ノ市にとって好みの相手だったのですよ」

源三郎がくすぐったそうにいい、お吉がわからない顔になった。

「好みの相手って、碁の相手とか……」

「幸ノ市は女に関心がありません」

「ええ、女は金がかかるからって……」

いいさして漸く気がついた。

「いやですよ。畝の旦那、いけ好かない」

「別に手前の話ではありません、幸ノ市の好みです」

「友三さんは気がついていたんですか」

るいが眉をひそめながら訊く。

「それが、あの男、まるっきり気がついていなかったそうです」

全くその気のない男に、幸ノ市もいい出しにくくて、ずるずると二年が過ぎた。

「幸ノ市にしてみれば、下手に切り出して友三に逃げられてはと思ったのでしょう。それだけ、本気で友三に惚れていたわけですな」

「おとみって女はどうなんですか。幸ノ市とわけありだったんですか」

お吉が忌々しそうにいい、源三郎が大真面目な顔で続けた。

「おとみは幸ノ市に気があったが、幸ノ市はありません。それでもやめる気はなくて奉公していたのですが、友三が来てぴんと来た。友三が気づかないのに、おとみのほうが幸ノ市の気持をわかってしまったのです」

東吾が面白くもないといった表情でいった。

「おとみはいつ、幸ノ市と友三がいけ好かない仲になるか、えらく気になったらしいよ。だから、これぞという夜、忍んで来てはのぞき見をしている。そもそも、金のかくし場所を知ったのも、そのあげくだというから、まさに色と欲の二人連れってところだろうな」

幸ノ市が殺された夜、おとみは友三が本気で幸ノ市のところから暇を取る気で、幸ノ市と口論しているのを聞いて家へ帰った。

幸ノ市の友三に対する思いを知っているから、明日にも友三がこの家を出て行きかねないと知った幸ノ市がどうするか。

「おとみは料理屋の女中をしていて、男の女に対する手口をよく知っている。男の気持もわかっていた筈だ。相手が女でなくともやり方は似たようなものだろう。おとみは更けてから幸ノ市の家へ戻って来たのさ」

好色な四十女のやりそうなことだと、東吾がいい、るいはそれを聞かなかったような顔で源三郎に訊いた。

「いったい、誰が幸ノ市を殺したんです」

源三郎が軽く首をすくめた。

「友三は幸ノ市に襲われて抵抗して首を絞めた。死んだと思って逃げ出して向島へ行く。その後で幸ノ市は意識を取り戻す。おとみが幸ノ市を殺そうと思ったのはその時で、今、殺せば下手人は友三ということになる。おとみのねらいは幸ノ市の金です」

日頃、襷《たすき》に使っていた真田紐で幸ノ市を絞め殺した。

「おとみは大女で臂力《ひりょく》もある。幸ノ市は小柄で優男、それにまさかおとみが襲いかかるとは思わないから、ぼんやりしていた。そういってはなんですが、ま、運の尽きですな」

それにしても、おとみの気の廻る所は幸ノ市のかくし金をすぐに盗み出さなかったことで、

「なまじ、自分の家にかくせば調べられて忽ち発覚する。実際、参造はおとみの家の家探しをさせています」

友三は下手人として捕縛された。おとみにとって心配なのは、友三がお上に金のかくし場所を打ちあけることで、その前に金を取り出すにせよ、どうやったらお上に自分が疑われないか、迷っていたところへ、参造が幸ノ市の家の家探しをするという。たまらなくなって盗みに入ったところを、待ちかまえていた源三郎に誰何《すいか》されて捕えられた。

「かわいそうな気もするが、主殺しの上に盗みを働こうとしているんだ、まあ遠島はまぬがれまいな」

「友三さんはどうなるんです」

るいが不安そうに訊き、東吾が笑った。

「あいつは幸ノ市を殺したわけじゃない。襲われて抵抗したくらいで、お上は罰しやし

ないよ」

「でも、お金を貸していたことは……」

「友三は利息をもらっていないんだ。幸ノ市に欺されて五両巻き上げられただけさ」

その五両に、幸ノ市が払わなかった給金の六両を合せて、お上が幸ノ市から没収した六百両の中から下げ渡されると源三郎はちょっと満足そうに告げた。

「実は今日、市川から友三の許嫁のおせんというのが江戸へ着きましてね」

源三郎が市川へ知らせをやったからだが、

「友三の父親は昨年、軽い卒中をやって母親が看病しているそうです。そんなこともあって、友三は市川へ帰ろうとしていたのですよ」

友三は牢から出され、今夜はおせんと共に源三郎が世話した馬喰町の宿へ泊っているといった。

「こちらにとも考えたんですが、あの二人には身分不相応だと長助も申しましたので……」

「そんな御斟酌《ごしんしゃく》には及びませんでしたのに……」

と、るいは少からずむくれたのだったが、翌日、長助に伴われて友三とおせんが挨拶に来た時は人のいい笑顔で迎えた。

「江戸へ出て来て十年、なんにもいいことはなかったように思っていましたが、今度の出来事で、人様の情が身にしみました。御恩を無駄にしないよう、市川へ帰って一生けんめい働きます」

頬の赤い、如何にも素朴な田舎娘といった感じのおせんが何度も頭を下げてから、はにかみがちにいった。

「もう二、三カ月もすると、梨の花が咲くんです。そりゃあきれいで……もしも、その頃、成田へでも御参詣にお出かけなさいますなら、どうぞ、寄ってやって下さいまし」

これから向島の植辰へ礼に寄り、その足で市川へ帰るという二人がひっそりと肩を寄せ合って歩いて行く大川の岸辺の道に、早春の陽ざしが柔らかく降り注いでいた。

「あの二人、やっと本当のお正月が来ますね」

るいと並んで見送っていたお吉が嬉しそうにいい、るいはうなずいて大川の上の空を眺めた。

今日も凧《たこ》がいくつも川風に舞っている。

間もなく東吾が帰って来ると、その中に千春の女の子らしくない大虎の絵の凧が加わる。るいは目を細めて、遠ざかる二人の会釈に応えて腰をかがめた。

文春文庫

江戸《えど》の精霊流《しようりようなが》し　御宿《おんやど》かわせみ31

定価はカバーに
表示してあります

2006年4月10日　第1刷

著　者　平《ひら》岩《いわ》弓《ゆみ》枝《え》

発行者　庄野音比古

発行所　株式会社　文藝春秋

東京都千代田区紀尾井町 3-23　〒102-8008
TEL 03・3265・1211
文藝春秋ホームページ　http://www.bunshun.co.jp
文春ウェブ文庫　http://www.bunshunplaza.com

落丁、乱丁本は、お手数ですが小社製作部宛お送り下さい。送料小社負担でお取替致します。

印刷・凸版印刷　製本・加藤製本

Printed in Japan
ISBN4-16-771003-X